ro
ro
ro

ro
ro
ro

Über die Autorin

Rosamunde Pilcher wurde 1924 in Lelant, Cornwall, geboren. Nach Tätigkeiten beim Foreign Office und, während des Krieges, beim Women's Royal Naval Service heiratete sie 1946 Graham Pilcher und zog nach Dundee, Schottland, wo sie seither wohnt. Rosamunde Pilcher schreibt seit ihrem fünfzehnten Lebensjahr. Ihr Werk umfasst bislang vierzehn Romane, zahlreiche Kurzgeschichten und ein Theaterstück. Ihr neuer Roman «Wintersonne» erschien im August 2000 bei Wunderlich.

Rosamunde Pilcher

Winter-geschichten

Deutsch von Dorothee Asendorf
und Margarete Längsfeld

Rowohlt Taschenbuch Verlag

4. Auflage Februar 2003

Ungekürzte Ausgabe
Veröffentlicht im Rowohlt Taschenbuch Verlag
GmbH, Reinbek bei Hamburg, November 2000
Titel der im Wunderlich Taschenbuch
Verlag erschienenen Ausgabe
«Jahreszeiten der Liebe –
Wintergeschichten»

Umschlaggestaltung Susanne Heeder
(Foto: stone / Chad Ehlers)

Gesamtherstellung Clausen & Bosse, Leck
Printed in Germany
ISBN 3 499 33180 2

Die Schreibweise entspricht den Regeln
der neuen Rechtschreibung.

Inhalt

Die Schlittschuhe
7

Das Haus auf dem Hügel
28

Ein Schneespaziergang
61

Das rote Kleid
90

Ein Mädchen, das ich früher kannte
132

Die Wasserscheide
155

Das Vorweihnachtsgeschenk
183

Miss Camerons Weihnachtsfest
213

Die Schlittschuhe

Die zehnjährige Jenny Peters machte die Tür von Mr. Sims' Haushaltswarengeschäft auf und trat ein. Es war vier Uhr nachmittags und schon dunkel und bitter kalt, aber in Mr. Sims' Laden roch es so heimelig nach Ölofen, und er hatte überall weihnachtlich geschmückt. Auf seinem Tresen stand ein Schild – *Nützliche und beliebte Geschenke zum Fest* –, und um das unter Beweis zu stellen, hatte er den Griff eines gewaltigen Klauenhammers mit rotem Lametta verziert.

«Hallo, Mr. Sims.»

«Was kann ich für dich tun?»

Sie sagte ihm, was sie brauchte, war sich aber nicht sicher, ob er ihr helfen konnte. «... es müssen ganz kleine Lämpchen sein, so wie die im

Kühlschrank. Und dann brauche ich was zum Festmachen. Klemmen oder so. Damit ich sie an der Kante von einem Kasten anbringen kann …»

Mr. Sims ließ sich das Problem durch den Kopf gehen und starrte Jenny dabei über den Rand seiner Brille an. «Brauchst du dafür Batterien?», fragte er.

«Nein. Ich nehme eine Strippe, die stecke ich in die Steckdose.»

«Hört sich an, als ob du dich umbringen willst.»

«Nein, das nicht.»

«Gut. Warte einen Augenblick …»

Er verschwand. Sie zog das Portemonnaie aus der Manteltasche und zählte die letzten Münzen ihres Weihnachtsgeldes auf den Tresen. Hoffentlich reichte es. Und wenn nicht, dann würde Mr. Sims sicherlich anschreiben, bis sie ihr nächstes Taschengeld erhielt.

Nach einem Weilchen kam er mit haarscharf den Zutaten zurück, die sie brauchte. Er öffnete die Schachteln und suchte die verschiedenen Teilchen zusammen: einen kleinen Adapter und ein paar Meter Kabel. Die Klemmen waren eigentlich für größere Lämpchen gedacht, aber das machte nichts.

«Genau das Richtige, Mr. Sims. Danke. Wieviel kostet das?»

Er lächelte, griff nach einer Packpapiertüte und verstaute ihre Einkäufe. «Bei Barzahlung zehn Prozent Rabatt. Das macht ...» Er rechnete alles mit einem Bleistiftstummel auf dem Tütenrand zusammen. «Ein Pfund und fünfundachtzig Pence.»

Uff. Sie hatte genug. Sie gab ihm zwei Pfund und bekam das Wechselgeld feierlich zurückgereicht. Mr. Sims konnte jedoch seine Neugier nicht bezähmen. «Wofür brauchst du das alles?»

«Für Nataschas Weihnachtsgeschenk. Es ist ein Geheimnis.»

«Pssst. Bleibt ihr Weihnachten zu Haus?»

«Ja. Granny ist da. Dad hat sie gestern abend vom Bahnhof abgeholt.»

«Wie schön.» Er gab ihr die Tüte. «Hast wohl zu viel zu tun und keine Zeit zum Schlittschuhlaufen, was?»

Jenny sagte: «Ja.» Und dann rückte sie doch mit der Wahrheit heraus. «Ich kann nicht Schlittschuh laufen.»

«Wetten, du hast es noch nie probiert?»

«Oh, ja. Ich hab mir Nataschas alte Stiefel geborgt. Aber die waren zu groß, und ich bin dauernd hingefallen.»

«Wenn man den Dreh erst raus hat, geht's», sagte Mr. Sims. «Genau wie beim Radfahren.»

«Ja», sagte Jenny. «Kann sein.» Sie nahm die prall gefüllte Tüte. «Danke, Mr. Sims, und schöne Weihnachten.»

Draußen überfiel sie die Kälte wie ein Schlag. Es war, als käme man in ein Kühlhaus. Aber es war nicht ganz dunkel, die Straßenlaternen brannten schon, dazu kam noch das Flutlicht, das Tommy Bright, der Geschäftsführer des Wappen von Bramley vor seinem Pub installiert hatte. Damit strahlte er die Eisbahn an, nämlich den überfluteten und gefrorenen Dorfplatz. Dieser kostenlose Service wurde auch belohnt; jeden Abend war es rappelvoll bei ihm, und die Kasse klingelte nur so.

Das Dorf lag in einer Mulde, die nach Süden hin durch eine Hügelkette abgeschlossen wurde. Häuser, Kirche, Läden und Pub drängten sich um den Dorfplatz und das Flüßchen, das eher ein Bach war. Und dieser Fluß war über die Ufer getreten. Fast den ganzen November hindurch hatte es geregnet, und Anfang Dezember gab es den ersten Schnee. Die

Alten konnten sich nicht erinnern, je solch ein Wetter erlebt zu haben. Der Fluß war stetig angestiegen, hatte sein Bett verlassen und am Ende den Dorfplatz unter Wasser gesetzt. Dann war die Temperatur jäh gefallen, es hatte starke Nachtfröste gegeben, und nun war alles steinhart gefroren.

Eine Schlittschuhbahn. Seit einer Woche hielt das Eis, und heute war Heiligabend, und es würde weiter kalt bleiben, wenn man dem Wetterbericht trauen konnte.

Jenny blieb einen Augenblick vor Mr. Sims' Laden stehen und sah sich das Volksfest an. Die Schlittschuhläufer, die Schlitten, die unbeholfenen Hockeyspieler. Gekreisch und Gelächter, denn alle hatten ihren Spaß, ganze Familien waren auf dem Eis, zogen eingemummelte Babys auf Schlitten hinter sich her oder liefen Hand in Hand Schlittschuh.

Sie hielt nach ihrer Schwester Natascha Ausschau und erblickte sie fast sofort, denn sie war in ihrem rosa Trainingsanzug gar nicht zu übersehen. Natascha lief Schlittschuh, wie sie auch sonst alles machte, mit spielender Leichtigkeit und Grazie. Sie war groß und schlank, hatte blondes Haar und endlos lange Beine, und alle sportlichen Aktivitäten fielen ihr leicht. In der Schule war sie Kapitän der Jugendmannschaft und der Gymnastikmannschaft, aber ihre große Leidenschaft galt dem Tanz. Seit ihrem fünften Lebensjahr bekam sie Ballettunterricht und hatte bereits eine Reihe von Medaillen und Preisen gewonnen. Sie hatte nur eins im Kopf, nämlich Ballerina werden.

Jenny, die kleiner und jünger und sehr viel pummeliger war, hinkte immer hinter ihrer Schwester her. Sie hatte auch Ballettunterricht, hatte es bislang jedoch nicht weiter als bis zum Seemannstanz und zu mitteleuropäischen Polkas gebracht. Sie konnte den linken und den rechten Fuß nicht auseinanderhalten. Im Sport ging es ihr auch nicht viel besser, wenn sie übers Pferd springen mußte, landete sie fast immer auf der Seite, auf der sie angefangen hatte.

Sie ging nicht gern zum Ballettunterricht, fügte sich aber, weil es so ungefähr das Einzige war, was die beiden Schwestern gemeinsam machten. Manchmal träumte sie davon, mit ihren Energien etwas ganz anderes anzufangen. Zum Beispiel Klavier spielen. Im Speisezimmer zu Hause hatten sie ein Klavier, und der Gedanke, daß es dastand und voller Musik war, die sie ihm nicht entlocken konnte, der war einfach frustrierend. Es erinnerte sie dauernd daran, was sie alles nicht konnte. Aber Klavierstunden waren teuer. Viel teurer als der Tanzkurs in der Volkshochschule, und sie traute sich einfach nicht, ihre Eltern darum zu bitten. Vielleicht konnte sie sich ja zum Geburtstag Klavierunterricht wünschen. Aber sie hatte erst im Sommer Geburtstag. Es war alles sehr schwierig.

«Jenny!» Das war Natascha, die Hand in Hand mit einem anderen Mädchen vorbeischwebte. «Los, komm. Probier's nochmal.»

Jenny winkte, aber da waren sie schon fort, glitten zum anderen Ende der Eisbahn. Es sah so leicht aus, aber sie hatte erlebt, dass es auf der ganzen Welt nichts Schwierigeres gab. Und sie hatte es wirklich versucht, mit Nataschas alten Stiefeln. Aber jeder Schritt war eine Qual, und ihre Füße und Beine waren in alle Richtungen auseinander gerutscht, und am Ende war sie gestürzt und hatte sich böse wehgetan. Doch das schmerzte weniger als die Erkenntnis, dass sie sich wieder einmal blamiert hatte.

Sie seufzte und ging nach Haus. Ein netter Spaziergang bei der weihnachtlichen Stimmung überall, Licht hinter allen Fenstern und Lichter an den Weihnachtsbäumen, die in gefrorene Gärten hinausstrahlten. Zu Hause hatten sie auch einen Weihnachtsbaum am Speisezimmerfenster, doch im Wohnzimmer waren die Vorhänge zugezogen. Sie machte die Wohnzimmertür auf und steckte den Kopf um die Ecke. Mum und Dad und Granny tranken Tee am Kamin, und Granny strickte. Alle blickten auf und lächelten.

«Möchtest du eine Tasse Tee, Kind? Oder soll ich dir eine heiße Schokolade machen?»

«Nein, danke. Ich will nur schnell in mein Zimmer.»

Oben knipste sie das Licht an und zog die Vorhänge zu. Ihr Zimmer war nicht sehr groß, aber es war ihr eigenes Reich. Ihr Arbeitstisch nahm viel Platz ein; hier machte sie Schularbeiten, zeichnete und baute ihre kleine Nähmaschine auf, wenn sie Lust hatte, etwas zu nähen. Jetzt allerdings lag er voller Schnipsel und Zutaten für Nataschas Geschenk. Farbtiegel und Klebstofftuben und Wattebäuschchen und Pfeifenreiniger und Bänder. Das Geschenk war mit einem Laken zugedeckt. So hatte es die ganze Zeit über gestanden, seit Jenny daran arbeitete, und sie wußte ganz genau, dass ihre Mutter auf gar keinen Fall heimlich nachsehen würde.

Sie hob das Laken hoch und betrachtete das Geschenk lange, versuchte es mit Nataschas kritischem Blick zu sehen.

Es war eine Miniaturballettbühne. Eine leere Holzkiste hatte sie auf die Idee gebracht, und ihr Vater hatte ihr dabei geholfen, sie so zurechtzusägen, daß sie einen Fußboden und drei Wände hatte. Zwei Wände hatte sie grün gestrichen, auf die hintere Wand jedoch hatte sie die Reproduktion eines alten Gemäldes geklebt, das sie in einem Trödelladen aufgetrieben und passend zurechtgeschnitten hatte. Eine idyllische Szene, winterlich und hell, mit Haustieren und mit einem Mann im roten Umhang, der einen holzbeladenen Schlitten zog.

Sie hatte den Boden mit Klebstoff bestrichen und mit Sägemehl bestreut und in die Mitte einen runden Spiegel aus einer alten Handtasche geklebt, der sollte einen gefrorenen See darstellen.

Bäume gab es auch, Immergrünzweige in alten Garnrollen, und die glitzerten frostig, weil sie mit Weihnachtsspray eingesprüht waren. Die Tänzerinnen waren winzige Figürchen aus

Pfeifenreinigern und Watte, sie trugen Kleidchen aus leuchtenden Bänderschnipseln und weißen Tüllfetzen. Für die Tänzerinnen hatte sie ewig gebraucht, es war eine arge Fummelei gewesen, denn sie musste ihnen Gesichtchen malen und Haare ansetzen.

Aber jetzt war es geschafft. Fehlte nur noch das Licht. Sie öffnete die Tüte und holte behutsam die Teilchen heraus, die ihr Mr. Sims freundlicherweise zusammengesucht hatte. Das dauerte, und sie musste noch einmal nach unten und sich einen Schraubenzieher holen. Als schließlich alles fertig war, befestigte sie die Lämpchen mit den Klemmen an den drei Oberkanten der kleinen Bühne und steckte die lange Leitung in die Steckdose ihrer Nachttischlampe. Sie knipste den Schalter an, und die kleinen Lichter strahlten auf. Aber sie waren kaum zu sehen, also knipste sie die große Lampe aus und drehte sich im Dunkeln um, um die volle Wirkung zu prüfen.

Besser, als sie sich hätte träumen lassen. Umwerfend. So echt, dass die winzigen angestrahlten Figuren richtig lebendig wurden, so als wollten sie tanzen und auf dem Sägemehl des Bodens ihre Pirouetten drehen.

Nach einem Weilchen packte sie alles weg, deckte die Bühne mit dem Laken zu, setzte eine andere Miene auf und ging nach unten.

«Alles in Ordnung, Kind?», fragte ihre Mutter.

«Ja», erwiderte Jenny und schnitt sich so unbefangen wie möglich ein Stück Kuchen ab.

Das Beste an Weihnachten blieb sich immer gleich. Nach dem Abendessen an Heiligabend Weihnachtslieder mit Granny am Klavier, zu Bett gehen und die Strümpfe aufhängen und dann der Gedanke, dass man nie im Leben einschlafen würde. Und wenn man sich nicht länger darum bemühte, wurde man auf einmal wach, und die Uhr zeigte halb acht, und der Strumpf am Fußende des Bettes war prall gefüllt.

Weihnachten, das war der Duft von gepellten Mandarinen und Schinken und Eiern zum Frühstück. Das war der Kirchgang in der bitterkalten, frostigen Luft und Lieder wie ‹Vom Himmel hoch da komm ich her›, Jennys Lieblingslied. Und nach dem Gottesdienst ein Plausch vor der Kirche und dann der eilige Heimweg, und der Puter, und Feuer in allen Kaminen.

Und dann, wenn alles bereit war, sagte Dad: «Auf die Plätze, fertig, los!», und dann durften sie über die Päckchen herfallen, die sich unter dem Weihnachtsbaum häuften.

Nataschas Geschenk hatte ein Problem dargestellt. Wie wickelt man eine Bühne ein? Schließlich hatte Jenny eine Art Kaffeewärmer aus Weihnachtspapier konstruiert, hatte ihn über die Bühne gestülpt und sie behutsam nach unten getragen. Sie setzte sie auf der Anrichte ab, damit niemand darüber stolperte.

Doch jetzt war die Bühne in der Aufregung über ihre eigenen Geschenke vergessen. Eine neue Lampe für ihr Fahrrad, ein Shetlandpullover und ein paar schwarze Lackschuhe, die sie sich sehnlichst gewünscht hatte. Von Natascha ein Buch. Von ihrer Patentante einen Porzellanbecher mit ihrem Namen in Gold. Und von Granny ... ein großes viereckiges Paket in rotweiß gestreiftem Geschenkpapier. Sie saß auf dem Fußboden inmitten von Bändern und Papier und Weihnachtskarten und machte es auf. Das Papier fiel herunter, eine weiße Schachtel kam zum Vorschein. Noch mehr Seidenpapier. Schlittschuhstiefel.

Schöne, neue weiße Schlittschuhstiefel mit

blinkenden Stahlkufen, und genau die richtige Größe. Jenny starrte sie mit gemischten Gefühlen an, Entzücken, weil sie so phantastisch waren, und Bangigkeit bei dem Gedanken, was sie damit tun sollte.

«Oh, Granny.» Ihre Großmutter beobachtete sie. Jenny stand auf, lief zu ihr hin und drückte sie. «Sie sind … sie sind einfach super.»

Ihre Blicke trafen sich. Großmutters Augen waren alt, aber sie leuchteten. Ihnen entging nichts. Sie sagte: «In Stiefeln, die einem nicht passen, kann man unmöglich Schlittschuh laufen. Ich habe sie gestern gekauft. Du sollst dich doch nicht um den ganzen Spaß bringen.»

«Heute Nachmittag gehen wir Schlittschuh laufen», sagte Natascha bestimmt. «Du musst es einfach nochmal probieren.»

«Ja», sagte Jenny lammfromm. Und in diesem Augenblick fiel ihr die Bühne ein, das einzige Geschenk, das noch nicht geöffnet war. «Aber jetzt musst du mein Geschenk aufmachen.»

Die Erwachsenen setzten sich voller Vorfreude zurecht. In Wahrheit konnten sie es kaum noch erwarten, wollten unbedingt sehen, was Jenny die ganzen letzten Wochen heimlich in ihrem Zimmer getrieben hatte.

Jenny ging in die Hocke und steckte den Stecker in die Steckdose für die Wärmplatte. «Pass auf, Natascha, du musst das Papier genau in dem Augenblick abnehmen, wenn ich anknipse, sonst kann es Feuer fangen.»

«Lieber Himmel», sorgte sich Granny, «es ist doch nicht etwa ein Vulkan?»

«Jetzt!», sagte Jenny und knipste das Licht an. Rasch nahm Natascha den Kaffeewärmer ab, und da stand das Geschenk in seiner ganzen Pracht. Mit Lämpchen, die den Glitzer strahlen ließen, vom Spiegelteich zurückgeworfen wurden und die Röckchen aus Satinband der winzigen Ballerinen zum Schimmern brachten.

Eine gebührende Zeit herrschte völlige Stille. Dann sagte Natascha: «Einfach nicht zu fassen», und alle fielen lauthals ein.

«Oh, Kind! So was Ausgefallenes aber auch. Wirklich das Hübscheste …»

«Hat man je so was Bezauberndes gesehen …»

«Dafür wolltest du also die Weinkiste haben.»

Sie standen auf, wollten alles sehen, traten zurück und staunten und wunderten sich. Wirklich, ein dankbares Publikum. Und Natascha selber fand keine Worte. Schließlich drehte sie sich um und nahm ihre Schwester in den Arm. «... das gebe ich nie im Leben wieder her.»

«Es ist kein richtiges Ballett. Ich meine, nicht *La fille mal gardée* oder so.»

«Mir gefällt es so besser. Mein Winterballett, das mir ganz allein gehört. Einfach Spitze. Danke, Jenny. Danke.»

Gegen vier Uhr war das weihnachtliche Festmahl verspeist und die Küche in Ordnung gebracht. Weihnachten war vorbei – bis zum nächsten Jahr. Sie hatten die Knallbonbons gezogen, die Nüsse geknackt. Jennys Eltern und ihre Großmutter saßen im Wohnzimmer und tranken Kaffee, ehe sie sich ein wenig Bewegung in der frischen Luft verschafften, was auch nötig war. Natascha war schon mit ihren Schlittschuhen fort.

«Mach schon, Jenny. Ich bin fertig», hatte sie nach oben gerufen.

«Bin gleich da.»

«Was treibst du denn noch?»

Jenny hockte auf ihrem Bett. «Nur ein bisschen aufräumen.»

«Soll ich warten?»

«Nein. Bin gleich da.»

«Ehrenwort?»

«Ja. Ehrenwort. Ich komme.»

«Na gut. Bis gleich!»

Die Tür knallte zu, sie war weg, lief den Gartenweg entlang zur Pforte. Jenny war allein. Sie hatte Schlittschuhe geschenkt bekommen, aber die hätte sie am liebsten nicht gehabt, denn sie konnte nicht Schlittschuh laufen. Nicht dass sie nicht wollte, aber sie hatte Angst. Weniger vor dem Hinfallen und den blauen Flecken, sondern eher davor, dass sie sich blamierte, dass die anderen sie auslachten, dass sie nach Haus gehen und eingestehen müsste, sie wäre wie üblich eine totale Niete.

‹Ich möchte wie Natascha sein›, dachte sie. Wusste aber, das war nicht möglich, weil sie nie wie Natascha sein würde. ‹Ich möchte übers Eis schweben und langes blondes Haar und lange schlanke Beine haben, dann bewundern mich alle und wollen mit mir Schlittschuh laufen.›

Aber wenn sie wieder und wieder hinfiel, würden alle sagen *Ach, Jenny, du Ärmste. So ein Pech aber auch. Probier's doch nochmal.*

Sie hätte ihre Seele verkauft, wenn sie hätte hier bleiben, sich auf dem Bett zusammenrollen und das neue Buch hätte lesen können, das ihr

Natascha geschenkt hatte. Aber sie hatte ihr Ehrenwort gegeben. Sie nahm also die Schlittschuhe, verließ ihr Zimmer und ging die Treppe hinunter, ganz langsam, Stufe um Stufe, so als ob sie gerade das Gehen gelernt hätte.

Im Wohnzimmer unterhielt man sich. Grannys Stimme war ganz deutlich durch die geschlossene Tür zu hören.

«... so ein begabtes Kind. Wie viele Stunden sie wohl gebraucht hat, bis dieses kleine Meisterwerk fertig war. Und die Gedanken, die Phantasie, die sie hineingesteckt hat.»

«Sie war schon immer geschickt mit den Händen. Kreativ.» Das war Vater. Und man redete über sie. «Vielleicht wäre sie besser ein Junge geworden.»

«Also wirklich, John, wie kannst du nur so was sagen!» Granny hörte sich richtig ärgerlich an. «Dürfen Mädchen keine geschickten Hände haben?»

«Komisch ...» Das war Jennys Mutter, sie hörte sich nachdenklich an, «dass zwei Töchter so verschieden sein können. Natascha fällt alles in den Schoß. Und Jenny ...» Sie verstummte.

«Natascha fällt alles in den Schoß, was sie gern tut.» Wieder Granny, jetzt ganz lebhaft.

«Jenny ist nicht Natascha. Sie ist ganz anders. Ich glaube, das solltet ihr respektieren und sie anders anfassen. Schließlich sind sie keine eineiigen Zwillinge. Warum muss Jenny tanzen, nur weil sich Natascha schon als künftige Ballerina sieht? Warum muss sie überhaupt Ballettunterricht haben? Ich finde, ihr solltet die Begabungen fördern, die sie wirklich hat.»

«Was meinst du damit, Mutter?»

«Ich habe ihr zugehört, als wir gestern Abend Weihnachtslieder gesungen haben. Da war kein falscher Ton dabei. Ich halte sie für musikalisch. Seltsam, daß sie in der Schule noch nicht darauf gekommen sind. Habt ihr mal an Klavierunterricht gedacht?»

Eine lange Pause, dann sagte Jennys Vater: «Nein.» Das klang nicht böse, sondern eher, als ob ihm die Idee noch nie gekommen wäre und er gar nicht wüsste, wieso eigentlich nicht.

«Beim Tanzen wird sie es nie weiter bringen, als mit einem Tamburin herumzuhopsen. Gebt ihr Klavierunterricht, und ihr werdet euer blaues Wunder erleben.»

«Und du meinst, das würde ihr Spaß machen? Du meinst, sie ist begabt?»

«Ein so begabtes Kind kann alles, wenn es

mit dem Herzen bei der Sache ist. Sie braucht nur Zutrauen. Ich glaube, wenn ihr sie anders anfasst, wird sie uns noch alle in Erstaunen versetzen.»

Die Stimmen verstummten. Schweigen. Gleich würde ihre Mutter die leeren Kaffeetassen aufs Tablett stellen. Jenny wollte nicht entdeckt werden, und so schlich sie die letzten Stufen auf Zehenspitzen hinunter und schlüpfte geräuschlos aus der Haustür. Dann lief sie den Weg entlang und zur Pforte hinaus.

Sie blieb stehen.

Habt ihr mal an Klavierunterricht gedacht? Gebt ihr Klavierunterricht.

Kein Ballettunterricht mehr. Nur sie selbst, sie ganz allein, sie würde Musik machen.

Ein so begabtes Kind kann alles, wenn es mit dem Herzen bei der Sache ist.

Wenn Granny ihr das zutraute, dann schaffte sie es vielleicht auch. Und sie hatte für Jennys Schlittschuhe keine Mühe und Kosten gescheut. Da musste sie es wenigstens noch einmal versuchen.

Die Sonne wollte orangefarben hinter dem Hügelkamm untergehen. Von fern konnte sie in der frostigen Stille des Weihnachtstages das Lachen und die Stimmen auf dem Dorfplatz hören. Sie setzte sich in Bewegung.

Als sie hinkam, hielt sie nicht Ausschau nach Natascha. Sie wusste, was sie tun musste, und das wollte sie allein ausprobieren.

«Hallo, Jenny. Fröhliche Weihnachten!»

Eine Schulfreundin mit Schlitten. Jenny lieh sich den Schlitten von ihr und setzte sich. Sie zog die Gummistiefel aus und stieg in die schönen, neuen weißen Schlittschuhstiefel. Sie fühlten sich weich und schmiegsam an, und als sie sie zuschnürte, schmiegten sie sich um ihre Knöchel wie alte Freunde.

Sie stellte sich auf das gefrorene Gras und ging ein paar Schritte. Nichts wackelte. Sie betrat das Eis. Erinnerte sich an Nataschas Anweisungen: ‹Füße in die dritte Position und abstoßen.› Ein bisschen wacklig stand sie zwar, aber sie hielt das Gleichgewicht. Jetzt. Dritte Position. Tief Luft holen. Nur Mut. Sie konnte alles, wenn sie mit dem Herzen bei der Sache war. Abstoßen. Gut. Jetzt den anderen Fuß …

Es klappte! Sie glitt. Sie stürzte nicht, und sie musste auch nicht mit den Armen wedeln. Eins und zwei. Eins und zwei. Sie lief Schlittschuh.

«Es geht ja! Du hast es kapiert!» Auf einmal

war Natascha neben ihr. «Nein, nicht mich ansehen, konzentrier dich. Nicht vornüberbeugen. Da, nimm meine Hand, wir laufen zusammen. Gut gemacht! Du weißt also noch, was ich dir gesagt habe. Ist doch ganz leicht. Der einzige Grund, warum es bislang nicht geklappt hat, waren die blöden alten Stiefel …»

Sie liefen zusammen. Zwei Schwestern, Hand in Hand, und die eisige Luft stach ihnen in die Wangen. Schwebten übers Eis. Ihr war zumute, als hätte sie Flügel an den Füßen. Die Sonne war untergegangen, doch weit im Osten hing schmal wie ein Lid die Sichel des Neumonds.

«Dein Geschenk war das beste von allen», sagte Natascha. «Was war dein bestes Geschenk?»

Aber das konnte Jenny ihr nicht erzählen. Zum einen fehlte ihr die Luft, zum anderen wusste sie es selber nicht so genau. Sie wusste nur, dass es nicht in einem Päckchen mit Weihnachtspapier gesteckt hatte und dass es etwas war, was sie ihr Leben lang behalten konnte.

Das Haus auf dem Hügel

Das Dorf war winzig klein. In den zehn Jahren seines Lebens hatte Oliver noch keine so klitzekleine Ortschaft gesehen. Sechs graue Häuser aus Granit, eine Wirtschaft, eine alte Kirche, ein Pfarrhaus und ein kleiner Laden. Vor diesem parkte ein verbeulter Lieferwagen, irgendwo bellte ein Hund, doch davon abgesehen schien alles wie ausgestorben.

Mit dem Korb und Sarahs Einkaufsliste in der Hand öffnete er die Ladentür, über der JAMES THOMAS, LEBENSMITTEL UND TABAKWAREN geschrieben stand, und ging hinein, zwei Stufen hinab. Die zwei Männer an der Theke, der eine davor, der andere dahinter, drehten sich nach ihm um.

Er schloss die Tür hinter sich. «Kleinen Moment», sagte der Mann hinter der Theke, vermutlich James Thomas, ein kleiner, glatzköpfiger Herr in einer braunen Strickjacke. Er sah wie ein ganz gewöhnlicher Mensch aus. Der andere Mann hingegen, der eingekauft und nun eine Unmenge Lebensmittel zu bezahlen hatte, war nicht im mindesten gewöhnlich, sondern so groß, daß er sich im Stehen leicht bücken musste, um nicht mit dem Kopf an die Deckenbalken zu stoßen. Er trug eine Lederjacke, geflickte Jeans und riesengroße Arbeiterstiefel, er hatte rote Haare und einen ebenso roten Bart. Oliver, der wusste, dass es sich nicht gehörte, Menschen anzustarren, starrte ihn an, und der Mann starrte aus einem Paar hellblauer, harter Augen ungerührt zurück. Es war verstörend: Oliver versuchte ein zaghaftes Lächeln, aber das wurde nicht erwidert, und der bärtige Mann sagte kein Wort. Kurz darauf wandte er sich zur Theke und holte ein Bündel Geldscheine aus seiner Gesäßtasche. Mr. Thomas tippte die Preise in die Kasse und gab ihm den Zettel.

«Sieben Pfund fünfzig, Ben.»

Sein Kunde bezahlte, stapelte dann zwei voll

beladene Lebensmittelkartons übereinander, hob sie mühelos auf und Oliver hielt ihm die Tür auf. Auf der Schwelle sah der bärtige Mann auf ihn herunter. «Danke.» Seine Stimme war tief wie ein Gong. Ben. Man konnte ihn sich auf dem Achterdeck eines Piratenschiffes Befehle bellend oder als Angehörigen einer mörderischen Bande von Strandräubern vorstellen. Oliver sah zu, wie er seine Kartons durch die Hecktür in seinem Lieferwagen verstaute, dann auf den Fahrersitz kletterte und den Motor anließ. Mit dröhnendem Auspuff und unter Prasseln von Straßensplitt fuhr das ramponierte Vehikel los. Oliver schloss die Tür und ging in den Laden zurück.

«Womit kann ich dienen, junger Mann?»

Oliver gab ihm die Liste. «Das ist für Mrs. Rudd.»

Mr. Thomas sah ihn lächelnd an. «Dann mußt du Sarahs kleiner Bruder sein. Sie hat gesagt, dass du sie besuchen kommst. Wann bist du angekommen?»

«Gestern Abend. Mit dem Zug. Ich bin am Blinddarm operiert, deshalb bleib ich zwei Wochen bei Sarah, bis ich wieder in die Schule muss.»

«Du wohnst in London, nicht?»

«Ja. In Putney.»

«Hier kommst du schnell wieder zu Kräften. Bist das erste Mal hier, wie? Wie gefällt dir das Tal?»

«Es ist schön. Ich bin vom Hof runtergelaufen.»

«Hast du Dachse gesehen?»

«Dachse?» Er wusste nicht, ob Mr. Thomas ihn auf den Arm nahm. «Nein.»

«Geh mal im Zwielicht ins Tal runter, dann kannst du Dachse sehen. Und wenn du die Klippen runtergehst, kannst du die Seehunde beobachten. Wie geht's Sarah?»

«Gut.» Zumindest hoffte er, daß es ihr gut ging. Sie erwartete in zwei Wochen ihr erstes Baby, und er war mächtig erschrocken, als er seine schlanke, hübsche Schwester auf einen so kolossalen Umfang angeschwollen sah. Nicht dass sie nicht trotzdem hübsch wäre. Bloß gewaltig.

«Sicher hilfst du Will auf dem Hof.»

«Ich bin früh aufgestanden und hab ihm beim Melken zugeguckt.»

«Wir machen noch einen Bauern aus dir. So, sehen wir mal nach ... ein Pfund Mehl, ein Glas

Pulverkaffee, drei Pfund Zucker ...» Er packte alles in den Korb. «Nicht zu schwer für dich?»

«Nein, das schaff ich schon.» Er bezahlte aus Sarahs Geldbörse und bekam einen Riegel Milchschokolade geschenkt. «Danke schön.»

«Das stärkt dich für den Weg bergauf zum Hof. Pass gut auf.»

Mit dem Korb am Arm verließ Oliver das Dörfchen, überquerte die Hauptstraße und gelangte auf den schmalen Pfad, der sich das Tal hinauf zu Will Rudds Hof wand. Es war ein herrlicher Spaziergang; ein Flüsschen begleitete den Weg, wechselte zuweilen die Seite, sodass hin und wieder eine kleine steinerne Brücke zu überqueren war, wo es sich gut übers Geländer beugen und nach Fischen und Fröschen Ausschau halten ließ. Es war eine offene Heidelandschaft, mit gelbbraunem Farngestrüpp und Stechginster durchsetzt. Die kräftigen Ginsterstämme lieferten den Brennstoff für Sarahs Feuer – neben dem Treibholz, das sie auf ihren Spaziergängen am Meer sammelte. Das Treibholz spuckte und roch nach Teer, aber der Ginster verbrannte sauber zu weiß glühender Asche.

Auf halbem Wege talaufwärts gelangte er zu

dem einzeln stehenden Baum. Eine alte Eiche, die ihre Wurzeln in das Ufer des Flüsschens gegraben, den Winden von Jahrhunderten getrotzt und, missgestaltet und verrenkt gewachsen, eine ehrwürdige Reife erreicht hatte. Ihre Zweige waren kahl, die abgefallenen Blätter bedeckten den Erdboden, und als Oliver den Hügel heruntergekommen war, hatte er das Laub mit den Spitzen seiner Gummistiefel hochgeworfen. Als er aber jetzt hinkam, blieb er entsetzt und angewidert stehen, denn mitten zwischen den Blättern lag der Kadaver eines jüngst getöteten Kaninchens, das Fell zerrissen, und aus der Wunde in seinem Bauch quollen grauenhafte rote Eingeweide.

Ein Fuchs vielleicht, mitten in seinem Imbiss aufgeschreckt. Vielleicht lauerte er just in diesem Moment im hohen Farnkraut, mit kalten, gierigen Augen. Oliver schaute sich um, doch nichts rührte sich, nur der Wind, der die Blätter bewegte. Oliver fürchtete sich. Etwas trieb ihn, nach oben zu blicken, und hoch am blassen Novemberhimmel sah er einen Falken schweben, der darauf wartete, herabzustoßen. Schön und todbringend. Das Land war grausam. Tod, Geburt, Überleben waren ringsum. Er beobachtete den Falken ein Weilchen, dann eilte er, einen großen Bogen um das tote Kaninchen schlagend, den Hügel hinauf.

Es war tröstlich, wieder in das Bauernhaus zu kommen, die Stiefel auszuziehen und in die warme Küche zu gehen. Der Tisch war fürs Mittagessen gedeckt, und dort saß Will und las die Zeitung, aber als Oliver erschien, legte er sie beiseite.

«Wir dachten schon, du hast dich verlaufen.»

«Ich hab ein totes Kaninchen gesehen.»

«Die gibt's hier jede Menge.»

«Und einen Falken, der hat gelauert.»

«Ein kleiner Turmfalke. Den hab ich auch gesehen.»

Sarah stand am Herd und schöpfte Suppe in Schalen. Außerdem gab es eine Schüssel mit flockigem Kartoffelbrei und einen Laib Mischbrot. Oliver bestrich eine Scheibe mit Butter, und Sarah setzte sich ihm gegenüber, mit etwas Abstand vom Tisch, wegen ihres Leibesumfangs.

«Hast du den Laden gleich gefunden?»

«Ja, und da war ein Mann, riesengroß, er hatte rote Haare und einen roten Bart. Er hieß Ben.»

«Das ist Ben Fox. Will hat ihm oben auf dem Hügel ein Häuschen vermietet. Von deinem Zimmerfenster aus kannst du seinen Schornstein sehen.»

Das hörte sich unheimlich an. «Was macht er?»

«Er ist Holzschnitzer. Er hat da oben eine Werkstatt, und er verdient nicht schlecht. Er lebt allein, abgesehen von einem Hund und ein paar Hühnern. Es führt kein Fahrweg zu seinem Haus, deshalb stellt er seinen Lieferwagen unten an der Straße ab und trägt alles, was er braucht, auf dem Rücken nach oben. Manchmal, wenn es was Schweres ist, zum Beispiel ein neuer Grubber, leiht Will ihm den Traktor, dafür hilft er uns, wenn die Schafe lammen, oder beim Heumachen.»

Oliver dachte hierüber nach, während er seine Suppe aß. Es hörte sich ganz freundlich und harmlos an, aber damit ließen sich die Kälte in den blauen Augen, die Unfreundlichkeit des Mannes nicht erklären.

«Wenn du magst», sagte Will, «nehm ich dich mit zu ihm rauf. Eine von meinen Kühen hat eine Vorliebe für den Abhang, bei jeder Gelegenheit haut sie mit ihrem Kalb dorthin ab.

Sie ist jetzt oben. Seit heute Morgen. Heute Nachmittag muss ich sie zurückholen.»

«Du musst die Mauer reparieren», warf Sarah ein.

«Wir nehmen Pfähle und Zaundraht mit und sehen zu, wie wir's hinkriegen.» Er grinste Oliver an. «Du hast doch Lust, oder?»

Oliver antwortete nicht gleich. Eigentlich fürchtete er sich davor, Ben Fox wieder zu begegnen, und doch zog der Mann ihn an. Außerdem konnte ihm nichts passieren, wenn Will dabei war. Sein Entschluss war gefasst. «Ja, ich hab Lust.» Und Sarah lächelte und schöpfte noch eine Kelle Suppe in seine Schale.

Eine halbe Stunde später brachen sie auf, begleitet von Wills Schäferhund. Oliver trug eine Rolle Zaundraht, Will hatte sich ein paar stämmige Zaunpfähle auf die Schulter geladen. Ein schwerer Hammer zog die Tasche seiner Latzhose nach unten.

Quer über Weiden und Felder stiegen sie zur Heide auf. Am Ende des letzten Feldes kamen sie zu einer Mauerlücke, wo die abtrünnige Kuh in ihrem entschlossenen Bemühen, hindurchzugelangen, mehrere Steine beiseite gestoßen hatte. Hier legte Will Pfähle, Hammer und Draht ab, stieg dann über die Mauer und ging voran in das Gestrüpp aus Farn und Dornensträuchern, das hinter der Mauer lag. Ein schmaler Pfad führte labyrinthartig durchs Unterholz, kaum zu sehen durch die dornigen Ginsterbüsche, doch am Ende kamen sie an den Fuß der großen Steinhaufen, steil wie Klippen, die den Hügel krönten. Zwischen zwei dieser mächtigen Felsblöcke gelangten sie durch eine schmale Schlucht zur Kuppe hinauf, wo die moosige Grasnarbe von mit Flechten bewachsenen Granitsteinen durchsetzt war und die kühle, salzige Luft, die direkt vom Meer her wehte, wohltuend Olivers Lungen füllte. Er sah die See im Norden, die Heide im Süden. Und dann das Häuschen. Sie standen unvermutet davor. Eingeschossig duckte es sich vor den Elementen, in eine natürliche Höhlung des Terrains geschmiegt. Aus dem Schornstein stieg Rauch. Ein kleiner Garten war vorhanden, von einer Trockenmauer geschützt. An der Mauer standen friedlich mampfend Wills Kuh und ihr Kalb.

«Dummes Tier», sagte Will zu ihr. Sie ließen sie grasen und gingen zur Vorderseite des Hauses, wo ein geräumiger Holzschuppen mit einem Wellblechdach stand. Die Tür stand offen, und von drinnen kam das Kreischen einer Kettensäge, dann ein wildes Gebell, und im nächsten Moment schoß ein großer schwarzweißer Hund zu ihnen hinaus; er machte ein beängstigendes Spektakel, aber nicht, wie Oliver erleichtert feststellte, um was noch Schlimmeres zu tun.

Will begrüßte das große Tier. Das Geräusch der Kettensäge verstummte abrupt. Gleich darauf erschien Ben Fox in der Tür.

«Will.» Diese tiefe, brummende Stimme. «Kommst wegen der Kuh, ja?»

«Hoffentlich hat sie keinen Schaden angerichtet.»

«Nicht daß ich wüßte.»

«Ich zäune die Lücke ein.»

«Sie ist unten auf der Weide besser aufgehoben, hier oben könnte sie sich verletzen.» Seine Augen wanderten zu Oliver, der mit erhobenem Gesicht stand und starrte.

«Das ist Sarahs Bruder Oliver», sagte Will.

«Hab ich dich nicht heute Morgen gesehen?»

«Ja. Im Laden.»

«Ich hatte keine Ahnung, wer du warst.» Er

wandte sich wieder Will zu. «Tasse Tee gefällig?»

«Wenn du gerade welchen machst.»

«Dann kommt rein.»

Sie folgten ihm durch ein Tor in der Mauer, das er öffnete und hinter ihnen sorgfältig zuklinkte. Der Garten war gepflegt und üppig bepflanzt, mit lauter Gemüse und kleinen Apfelbäumen. Ben Fox zog seine Stiefel aus und ging hinein, indem er seinen mächtigen rothaarigen Kopf unter dem Türsturz duckte, und Will und Oliver zogen ebenfalls ihre Stiefel aus und folgten ihm in ein Zimmer, das so unerwartet war, dass Oliver nur ungläubig staunen konnte. Denn alle Wände waren mit Bücherregalen bedeckt, und jedes Regal war gerammelt voll mit Büchern. Ebenso überraschend waren die Möbel. Ein großes Sofa, ein eleganter Brokatsessel, eine kostspielige Stereoanlage mit Stapeln von Langspielplatten. Überall auf dem schlichten Holzfußboden lagen Teppiche, die Oliver schön fand und für kostbar hielt. Im Kamin brannte ein Feuer, und auf dem Granitsims stand eine erstaunliche Uhr aus Gold und türkisblauem Emaille, deren sich langsam drehender Mechanismus hinter Glas sichtbar war.

Alles war, wenn auch unordentlich, rein und tadellos in Schuss, und auch Ben Fox hatte etwas von dieser Reinlichkeit, als er den Elektrokocher mit Wasser füllte und einstöpselte, dann Tassen, einen Krug Milch und eine Zuckerschale holte. Als der Tee fertig war, setzten sich alle drei an den gescheuerten Tisch, und die Männer unterhielten sich, ohne Oliver in ihr Gespräch einzubeziehen. Er saß mucksmäuschenstill und warf zwischen Schlucken glühend heißen Tees verstohlene Blicke auf das Gesicht seines Gastgebers. Er war überzeugt, dass es da ein Geheimnis gab; die ausdruckslosen Augen verwirrten ihn.

Als die Zeit zum Gehen kam, sagte er, der nichts zur Unterhaltung beigetragen hatte: «Danke.» Das Schweigen, das darauf folgte, war verwirrend. Er fügte hinzu: «Für den Tee.»

Es kam kein Lächeln. «Gern geschehen», sagte Ben Fox. Das war alles. Es war Zeit zu gehen. Sie trieben die Kuh und das Kalb zusammen und machten sich auf den Heimweg. Bevor sie in die schmale Schlucht hinunterstiegen, drehte Oliver sich auf der Hügelkuppe um, um zum Abschied zu winken, aber der bärtige Mann war verschwunden, ebenso sein Hund,

und als Oliver Will vorsichtig den steilen Pfad hinab folgte, hörte er, dass das Kreischen der Kettensäge wieder einsetzte …

Als Will die Lücke in der Mauer einzäunte, fragte Oliver: «Wer ist der Mann?»

«Ben Fox.»

«Weißt du sonst nichts über ihn?»

«Nein, und ich will auch nichts wissen, es sei denn, er erzählt es mir von sich aus. Jeder Mensch hat ein Recht auf sein Privatleben. Warum soll ich mich in seine Angelegenheiten einmischen?»

«Wie lange wohnt er schon hier?»

«Zwei Jahre.»

Er fand es erstaunlich, dass man zwei Jahre mit jemand benachbart sein konnte und trotzdem nichts über ihn wusste.

«Vielleicht ist er ein Verbrecher. Auf der Flucht vor der Polizei. Er sieht aus wie ein Seeräuber.»

«Du darfst einen Menschen nie nach seinem Aussehen beurteilen», ermahnte ihn Will. «Ich weiß nur, daß er Kunsthandwerker ist und anscheinend nicht schlecht verdient. Die Miete bezahlt er regelmäßig. Was soll ich sonst noch über ihn wissen wollen? Jetzt halt mal den Hammer, und ich nehm dieses Ende von dem Draht …»

Später versuchte Oliver Sarah auszuquetschen, aber sie war auch nicht mitteilsamer als Will.

«Kommt er euch manchmal besuchen?», wollte er wissen.

«Nein. Wir haben ihn Weihnachten eingeladen, aber er sagte, er wäre lieber allein.»

«Hat er Freunde?»

«Keine engen. Aber manchmal kann man ihn samstags abends in der Kneipe sehen, und die Leute scheinen ihn zu mögen … Er ist nur sehr zurückhaltend.»

«Vielleicht hat er ein Geheimnis.»

Sarah lachte. «Hat das nicht jeder?»

Vielleicht ist er ein Mörder. Der Gedanke schoss ihm durch den Kopf, aber er war zu schrecklich, um ihn auszusprechen. «Er hat das Haus voll mit Büchern und kostbaren Sachen.»

«Ich glaube, er ist ein gebildeter Mann.»

«Vielleicht sind die Sachen gestohlen.»

«Das glaube ich kaum.»

Sie machte ihn wahnsinnig. «Aber Sarah, willst du es denn nicht wissen?»

«Ach Oliver.» Sie zauste ihm die Haare. «Lass den armen Ben Fox in Frieden.»

Als sie an diesem Abend beim Feuer saßen, kam Wind auf. Zuerst ein sachtes Wimmern und Pfeifen, dann stärker, er brauste durchs Tal, schlug mit kräftigen Stößen an die dicken Mauern des alten Hauses. Fenster klirrten, Vorhänge wehten. Als Oliver ins Bett ging, lauschte er eine Weile ehrfürchtig auf das wütende Stürmen. Hin und wieder ließ der Wind nach, und dann konnte Oliver das Toben der Brecher an den Klippen hinter dem Dorf hören.

Er stellte sich vor, wie die gewaltigen Sturzwellen heranrollten, dann dachte er an das tote Kaninchen und den schwebenden Falken und all die Schrecknisse dieser urzeitlichen Landschaft. Er dachte an das kleine Haus, schutzlos hoch oben auf dem Hügel, und an Ben Fox darin, mit seinem Hund und seinen Büchern und den ernsten Augen und seinem Geheimnis. *Vielleicht ist er ein Mörder.* Er schauderte und wälzte sich im Bett herum, zog sich die Decke über die Ohren, aber nichts vermochte das Geräusch des Windes fernzuhalten.

Am nächsten Morgen hatte der Sturm nicht nachgelassen. Der Wirtschaftshof war mit angewehtem Unrat übersät, und ein paar schadhafte Ziegel waren vom Dach gerissen worden, doch der Schaden war nicht gleich zu erkennen, weil der Wind Regen mitgebracht hatte, einen dichten Sprühregen, der jegliche Sicht behinderte. Es war, als sei man in einer Wolke, die einen von der Außenwelt abschnitt.

«So ein grässlicher Morgen», sagte Will beim Frühstück. Er hatte seinen guten Anzug an und war in Schlips und Kragen, weil er auf den Markt gehen wollte. Oliver sah ihm von der Tür aus nach, als er losfuhr. Er nahm den Lieferwagen, damit Sarah den Personenwagen zur Verfügung hatte. Als er über den Weidenrost des ersten Gatters rumpelte, verschwand der Lieferwagen, vom Dunst verschluckt. Oliver machte die Tür zu und ging wieder in die Küche.

«Was möchtest du heute machen?», fragte Sarah ihn. «Ich hab Zeichenpapier und neue Filzstifte für dich. Extra für einen Regentag gekauft.»

Aber er hatte keine große Lust zu malen. «Was machst du?»

«Ich werde ein bisschen backen.»

«Rosinenbrötchen?» Er war ganz versessen auf Sarahs Rosinenbrötchen.

«Ich hab keine Rosinen mehr.»

«Ich kann in den Laden gehen und welche kaufen.»

Sie lächelte ihn an. «Macht es dir nichts aus, den weiten Weg zu gehen, in diesem Nebel?»

«Nein, das schaff ich schon.»

«Schön, wenn du es gerne möchtest. Aber zieh deinen Regenmantel und deine Gummistiefel an.»

Mit ihrer Geldbörse in der Tasche, den Regenmantel bis zum Hals zugeknöpft, ging er los. Er kam sich abenteuerlich vor, wie ein Forscher, und die Gewalt des Windes beflügelte ihn. Er ging gegen den Wind, sodass er sich manchmal dagegen stemmen musste, und der Sprühregen durchnässte ihn; seine Haare klebten ihm in kürzester Zeit am Kopf, und das Wasser lief ihm den Nacken hinunter. Die Erde war schlammig und mit abgerissenen Farnblättern übersät, und als Oliver die erste Brücke erreichte und sich über das Geländer beugte, sah er das braune Wasser des angeschwollenen Flusses sturzbachartig zum Meer strömen.

Es war sehr anstrengend. Um sich aufzumuntern, dachte er an den Rückweg, wenn er den Wind im Rücken haben würde. Vielleicht würde ihm Mr. Thomas wieder einen Schokoriegel schenken, den er auf dem Heimweg mampfen könnte.

Doch er sollte nicht bis ins Dorf oder in den Laden gelangen. Denn als er an die Wegbiegung kam, wo die Eiche stand, konnte er nicht weiter. Nach Jahrhunderten hatte der Baum am Ende dem Wind nachgegeben; entwurzelt lag er da, ein Gewirr aus mächtigem Stamm und abgebrochenen Ästen, die Zweige unentwirrbar mit den abgerissenen Telefondrähten verheddert. Es war ein furchterregender Anblick. Doch noch größere Angst machte ihm die Erkenntnis, dass dieses Unglück eben erst passiert sein konnte, denn Will war mit seinem Lieferwagen durchgekommen. *Er hätte auf mich fallen können.* Er malte sich aus, wie er unter dem gewaltigen Stamm eingequetscht war, tot wie das Kaninchen, denn kein Lebewesen könnte ein so entsetzliches Schicksal überleben. Sein Mund war trocken. Es schnürte ihm die Kehle zu, er schauderte, da ihm plötzlich kalt war, dann machte er kehrt und rannte nach Hause.

«Sarah?»

In der Küche war sie nicht.

«Sarah!» Er hatte seine Stiefel ausgezogen und fummelte an den Knebeln seines triefnassen Regenmantels.

«Ich bin im Schlafzimmer.»

Er raste auf Strümpfen nach oben. «Sarah, die Eiche ist auf die Straße gestürzt. Ich konnte nicht ins Dorf. Und ...» Er brach ab. Irgendwas stimmte nicht. Sarah lag voll angezogen auf dem Bett, die Hand auf den Augen, das Gesicht sehr blass. «Sarah?» Langsam nahm sie die Hand herunter, ihre Blicke trafen sich, sie brachte ein Lächeln zustande. «Sarah, was hast du?»

«Ich ... ich habe das Bett gemacht. Und ich ... Oliver, ich glaube, das Baby will kommen.»

«Das Baby ...? Aber es soll doch erst in zwei Wochen kommen.»

«Ja, ich weiß.»

«Bist du ganz sicher?»

Nach einer Weile sagte sie: «Ja, ich bin sicher. Wir sollten vielleicht das Krankenhaus anrufen.»

«Das geht nicht. Der Baum hat die Telefondrähte runtergerissen.»

Die Straße blockiert. Die Telefonleitung tot. Und Will weit weg in Truro. Sie sahen sich stumm an, das Schweigen war mit Bangen und Bestürzung befrachtet.

Er wusste, dass er etwas tun musste. «Ich geh ins Dorf. Ich kletter durch den Baum oder geh außen rum über die Heide.»

«Nein.» Sie hatte sich wieder in der Gewalt und nahm zum Glück die Sache in die Hand. Sie setzte sich auf, schwang die Beine über die Bettkante. «Das würde zu lange dauern ...»

«Kommt das Baby bald?»

Sie brachte ein Grinsen zustande. «Nicht sofort. Ein Weilchen halte ich schon noch durch. Aber ich glaube, wir sollten keine Zeit verlieren.»

«Dann sag mir, was ich tun soll.»

«Ben Fox holen», sagte Sarah. «Du findest den Weg, du warst gestern mit Will oben. Sag, er soll kommen und uns helfen – und er muss seine Kettensäge mitbringen, für den Baum.»

Ben Fox holen. Oliver sah seine Schwester entsetzt an. Ben Fox holen ... allein im Nebel den Hügel hinaufgehen, um Ben Fox zu holen. Hatte sie eine Ahnung, was sie da von ihm verlangte? Aber während er so dastand, zog sie sich vorsichtig hoch, legte die Hände auf die große Wölbung ihres Bauches, und ihn überkam eine seltsame Woge von Beschützerinstinkt, so als sei er kein Junge, sondern ein erwachsener Mann.

Er sagte: «Hältst du's durch?»

«Ja. Ich mach mir eine Tasse Tee und setze mich ein bisschen hin.»

«Ich mach, so schnell ich kann. Ich renn den ganzen Weg.»

Er dachte daran, Wills Schäferhund mitzunehmen, aber der Hund gehorchte nur seinem Herrn und wollte den Hof nicht verlassen. Also machte Oliver sich allein auf den Weg in Richtung der Felder, die er gestern mit Will überquert hatte. Trotz des Nebels war das erste Stück nicht schwierig, und er fand sogleich die Lücke in der Mauer, wo sie den provisorischen Zaun angebracht hatten, aber als er darübergeklettert war und sich in dem Unterholzgewirr befand, wurde es schwierig. Der Wind schien hier oben grimmiger denn je, der Regen noch kälter. Es regnete ihm in die Augen, sodass er fast nichts mehr sah, und er konnte den Pfad nicht finden, konnte nicht über seine Nasenspitze hinaussehen. Jeglicher Entfernungs- und Richtungssinn war ihm abhanden gekommen. Er stolperte über Dornen, Stechginster riss an seinen Beinen, und mehr als einmal rutschte er im Schlamm aus und fiel hin, wobei er sich schmerzhaft die Knie aufschürfte. Aber irgendwie kämpfte er sich voran, kletterte unermüdlich bergauf. Er sagte sich, er müsse nur oben ankommen, danach würde es leicht sein. Er würde Ben Fox' Haus finden. Er würde Ben Fox finden.

Nach einer Weile, die ihm wie eine Ewigkeit erschien, langte er endlich am Fuß der Felsblöcke an. Er hob die Hände und lehnte sich an die feste Granitwand, die nass und kalt war und steil wie eine Klippe. Der Pfad war wieder verschwunden, und Oliver wusste, er musste die Schlucht finden. Aber wie? Außer Atem, taillentief in Stechginster, ohne Orientierung, war er mit einem Mal von einer Panik ergriffen, die durch seine Verlorenheit und das verzweifelte Gefühl der Dringlichkeit noch verstärkt wurde, und er hörte sich wimmern wie ein Baby. Er biss sich auf die Lippe, schloss die Augen und dachte angestrengt nach, danach tastete er sich um den Felsen herum, indem er sich dicht an ihn drückte. Nach einer Weile machte der Fels eine Einwärtsbiegung, und als Oliver nach oben blickte, sah er die zwei Wände der Schlucht zu dem grau verhangenen, strömenden Himmel aufragen.

Mit einem Seufzer der Erleichterung begann er auf allen vieren den steilen Pfad hinaufzukriechen. Er war schmutzig, blutig und nass, aber er hatte den Weg gefunden. Er war auf der Kuppe, und konnte er das Haus auch nicht sehen, so wusste er doch, dass es da war. Er begann zu rennen, stolperte, fiel, stand auf und rannte weiter. Dann bellte der Hund, und aus dem Nebel tauchte der Umriss des Daches auf, der Schornstein, das Licht im Fenster.

Er war an der Mauer, am Gartentor. Als er sich mit dem Riegel abmühte, ging die Haustür auf, der bellende Hund stürzte zu ihm hinaus, und da stand Ben Fox.

«Wer ist da?»

Er ging den Weg zum Haus. «Ich bin's.»

«Was ist passiert?»

Atemlos, matt vor Erleichterung, plapperte Oliver unzusammenhängend los.

«Jetzt hol erst mal tief Luft. Dann geht's schon wieder.» Ben hielt Oliver an den Schultern, hockte sich vor ihn hin, sodass ihre Augen auf gleicher Höhe waren. «Was ist passiert?»

Oliver atmete tief ein und stieß die Luft wieder aus, dann erzählte er. Als er fertig war, ging Ben Fox zu seiner Verwunderung nicht gleich ans Werk. Er sagte: «Und du hast den Weg hier herauf gefunden?»

«Ich hab mich verlaufen. Ich hab mich andauernd verlaufen, aber dann hab ich die Schlucht gefunden, und da kannte ich mich wieder aus.»

«Braver Junge.» Er gab ihm einen kleinen Klaps, dann stand er auf. «Ich hol einen Mantel und die Kettensäge …»

Wie er Hand in Hand mit Ben Fox ging, während der schwarzweiße Hund vor ihnen den Hügel hinabtollte, war der Abstieg zum Hof geschwind und leicht, sodass es kaum zu glauben war, dass er aufwärts so lange gebraucht hatte. Im Haus wartete Sarah auf sie. Ruhig und gefasst saß sie am Feuer und trank Tee. Sie hatte einen Koffer gepackt, der nun an der Tür stand.

«Oh, Ben.»

«Wie geht's?»

«Ganz gut. Ich hatte wieder eine Wehe. Sie kommen alle halbe Stunde.»

«Dann haben wir noch Zeit. Ich nehm mir jetzt den Baum vor, dann bring ich dich ins Krankenhaus.»

«Entschuldige, dass ich dir so viel Mühe mache.»

«Du brauchst dich nicht zu entschuldigen. Du kannst stolz auf deinen kleinen Bruder sein. Wie er mich gefunden hat, das hat er prima gemacht.» Er sah Oliver an. «Kommst du mit mir, oder bleibst du hier?»

«Ich komm mit.» Die Panik, die blutigen Hände, die aufgeschlagenen Knie, alles war vergessen. «Ich helf Ihnen.»

So arbeiteten sie gemeinsam; Ben Fox schlug das Gewirr von Zweigen und Ästen ab, die die Telefondrähte zerrissen hatten, und wenn sie herunterfielen, wuchtete Oliver sie aus dem Weg. Es war harte Arbeit, aber am Ende hatten sie eine schmale Spur zwischen der Straße und dem Flüsschen freigelegt, die breit genug für ein Auto sein müsste. Als das erledigt war, gingen sie zum Haus, holten Sarah und ihren Koffer ab und stiegen alle in Wills Personenwagen.

Als sie zu dem gestürzten Baum kamen, war Sarah entsetzt. «Da kommen wir nie durch.»

«Wir müssen es versuchen», sagte Ben und fuhr geradewegs auf die schmale Lücke zu. Das hatte grässliche kratzende und schrammende Geräusche zur Folge, aber sie kamen durch.

«Was wird Will sagen, wenn er sieht, was du mit seinem Wagen gemacht hast?»

«Er muss sich um wichtigere Sachen Gedanken machen. Ein Baby zum Beispiel.»

«Im Krankenhaus rechnen sie erst in zwei Wochen mit mir.»

«Das spielt keine Rolle.»

«... und Will. Ich muss Will anrufen.»

«Ich sehe zu, dass ich Will erreiche. Sei du unbesorgt, und halt dich gut fest, denn jetzt rasen wir wie die Höllenhunde. Nur schade, dass wir keine Polizeisirene haben.»

Wegen des Nebels raste er nicht wie die Höllenhunde, aber auch so kamen sie recht zügig voran und fuhren bald darauf unter dem roten Ziegelbogen hindurch in den Hof des kleinen Kreiskrankenhauses.

Ben half Sarah mit ihrem Koffer aus dem Wagen. Oliver wollte mitgehen, wurde jedoch beschieden, im Auto zu warten.

Er wollte nicht allein gelassen werden. «Warum muß ich hier bleiben?»

«Tu, was man dir sagt», befahl Sarah, beugte sich zu ihm hinein und gab ihm einen Abschiedskuss. Er umarmte sie fest, und als sie fort war, lehnte er sich zurück, und ihm war zum Heulen. Nicht nur, weil er sehr müde war und weil seine Knie und Hände wieder wehtaten, sondern weil er eine nagende Angst verspürte, die sich bei näherer Prüfung als Sorge um seine Schwester erwies. War es schlimm, dass das Baby zwei Wochen zu früh kam? Würde es ihm schaden? Oliver malte sich fehlende Zehen aus, ein verdrehtes Auge. Es regnete immer noch; der Vormittag erschien ihm wie eine Ewigkeit. Er sah auf seine Uhr und stellte erstaunt fest, dass es noch nicht Mittag war. Er wünschte, Ben Fox würde zurückkommen.

Endlich erschien er. Wie er über den Hof schritt, wirkte er in dieser adretten Krankenhausumgebung vollkommen fehl am Platz. Er setzte sich ans Steuer und schlug die Tür zu. Er sprach eine ganze Weile kein Wort. Oliver fragte sich, ob er gleich erfahren würde, dass Sarah tot sei.

Er schluckte den Klumpen in seiner Kehle

herunter. «Hat es – hat es Schwierigkeiten gegeben, weil sie früher gekommen ist?» Seine eigene Stimme kam ihm seltsam piepsig vor.

Ben fuhr sich mit den Fingern durch die dichten roten Haare. «Nein. Sie haben ein Bett für sie, und sie dürfte inzwischen im Kreißsaal sein. Alles ist bestens organisiert.»

«Warum waren Sie so lange weg?»

«Ich musste Will erreichen. Ich hab den Markt in Truro angerufen. Es hat eine Weile gedauert, Will zu finden, aber jetzt ist er unterwegs.»

«Ist ...?» Es war unmöglich, mit dem Hinterkopf eines Menschen zu sprechen. Oliver kletterte auf den Vordersitz. «Ist es schlimm, dass das Baby zwei Wochen zu früh kommt? Es wird ihm doch nicht schaden?»

Ben sah Oliver an, und Oliver bemerkte, dass die seltsamen Augen anders aussahen, nicht mehr hart, sondern sanft wie der Himmel an einem kühlen Frühlingsmorgen. Er sagte: «Hast du Angst um sie?»

«Ein bisschen.»

«Mach dir keine Sorgen. Sie ist gesund und kräftig, und die Natur ist etwas Wunderbares.»

«Ich», sagte Oliver, «ich finde die Natur schrecklich.»

Ben wartete, dass er das näher erläuterte, und mit einem Mal war es ganz leicht, sich diesem Mann anzuvertrauen, ihm Dinge zu sagen, die er niemandem, nicht einmal Will, gestanden hätte. «Sie ist grausam. Ich habe noch nie auf dem Land gelebt. Ich hab nicht gewusst, wie das ist. Das Tal und der Hof … überall Füchse und Falken, alle töten sich gegenseitig, und gestern Morgen lag ein totes Kaninchen auf dem Weg. Und heute Nacht war der Wind so wild, und ich hab die See gehört und musste dauernd an ertrunkene Seeleute und gekenterte Schiffe denken. Warum muss das so sein? Und dann ist der Baum gestürzt, und das Baby kommt zu früh …»

«Ich hab dir gesagt, um das Baby brauchst du dir keine Sorgen zu machen. Es ist nur ein bisschen ungeduldig, weiter nichts.»

Oliver war nicht überzeugt. «Aber woher wissen Sie das?»

«Ich weiß es eben», erwiderte Ben ruhig.

«Haben Sie mal ein Baby gehabt?»

Die Frage war herausgeplatzt, bevor er Zeit hatte zu denken. Sobald er es ausgesprochen hatte, bereute er seine Worte, denn Ben Fox drehte sich von ihm weg, und Oliver konnte nur die scharfe Kante seines Backenknochens sehen, die Falten um sein Auge, den vorspringenden Bart. Ein langes Schweigen lag zwischen ihnen, und es war, als sei der Mann weit weggegangen. Schließlich hielt Oliver es nicht mehr aus. «Hatten Sie mal eins?», hakte er nach.

«Ja», sagte Ben. Er wandte sich Oliver wieder zu. «Aber es wurde tot geboren, und meine Frau habe ich auch verloren, denn sie starb bald danach. Aber weißt du, sie war nie kräftig. Die Ärzte haben gesagt, sie darf kein Kind bekommen. Mir hätte es nichts ausgemacht. Ich hätte mich damit abgefunden, aber sie wollte es unbedingt riskieren. Sie sagte, eine Ehe ohne Kinder wäre nur eine halbe Ehe, und ich habe nachgegeben.»

«Weiß Sarah das?»

Ben Fox schüttelte den Kopf. «Nein. Hier weiß es kein Mensch. Wir haben in Bristol gewohnt. Ich war Professor für Englisch an der Universität. Aber als meine Frau gestorben war, konnte ich dort nicht mehr bleiben. Ich habe meine Arbeit an den Nagel gehängt und bin hierher gekommen. Ich habe schon immer mit Holz gearbeitet – das war mein Hobby –, und jetzt verdiene ich mein Geld damit. Es lebt sich gut da oben auf dem Hügel, und die Leute sind nett. Sie lassen mir meine Ruhe, respektieren mein Privatleben.»

Oliver meinte: «Aber wäre es nicht leichter, Freunde zu haben? Mit Leuten zu reden?»

«Vielleicht. Eines Tages.»

«Mit mir reden Sie.»

«Wir reden miteinander.»

«Ich dachte, Sie laufen vor irgendwas weg.» Er beschloss, reinen Tisch zu machen. «Ich hab wirklich gedacht, dass Sie was zu verbergen haben, dass die Polizei hinter Ihnen her ist oder dass Sie vielleicht jemand ermordet haben. Sie sind weggelaufen.»

«Nur vor mir selbst.»

«Laufen Sie jetzt nicht mehr weg?»

«Vielleicht», sagte Ben Fox. «Vielleicht hört es jetzt auf.» Plötzlich lächelte er. Es war das erste Mal, daß Oliver ihn lächeln sah, er bekam ganz viele Fältchen um die Augen, seine Zähne waren weiß und ebenmäßig. Mit seiner riesigen Hand zauste er Olivers Haare. «Vielleicht ist es Zeit, das Weglaufen zu beenden. So wie es für dich Zeit ist, dich mit dem Leben abzufinden. Das ist nicht leicht. Es ist einfach eine lange

Reihe von Herausforderungen, wie Hürden bei einem Rennen. Und ich nehme an, sie hören nicht auf, bis zu dem Tag, an dem du stirbst.»

«Ja», sagte Oliver, «so wird es wohl sein.»

Sie blieben noch ein Weilchen sitzen, in behaglichem, einmütigem Schweigen, und dann sah Ben Fox auf seine Uhr. «Was möchtest du lieber, Oliver, hier sitzen bleiben und auf Will warten oder mit mir kommen und irgendwo was essen?»

Essen war eine prima Idee. «Ein Hamburger wär nicht schlecht.»

«Find ich auch.» Er ließ den Motor an, und sie fuhren fort vom Krankenhaus, unter dem Bogen hindurch, in die Straßen der kleinen Stadt, auf der Suche nach einem geeigneten Gasthaus.

«Übrigens», meinte Oliver, «Will würde uns gar nicht hier haben wollen. Er will nur bei Sarah sein.»

«Das war gesprochen wie ein Mann», sagte Ben Fox. «Wie ein Mann.»

Ein Schneespaziergang

Antonia wachte im Dunkeln auf, und schlaftrunken wie sie war, dachte sie anfangs, sie befände sich in ihrer Wohnung in London. Doch dann merkte sie: kein Verkehrslärm, kein bleiches Licht, das sich durch Vorhänge stahl, die sich nie richtig schließen lassen wollten, keine bis zu beiden Ohren hochgezogene Daunendecke. Stattdessen Dunkelheit, Stille, Eiseskälte. Festgesteckte Leinenlaken. Lavendelduft. Und da wusste sie, es war ein Samstagmorgen Ende Januar, und sie war nicht in London, sondern übers Wochenende zu Hause, auf dem Lande. Ihre Mutter hatte sich etwas überrascht angehört, als sie ihren Besuch am Telefon angekündigt hatte.

«Schätzchen, wie schön, dass du kommen willst.» Mrs. Ramsay freute sich immer unheimlich, wenn Antonia nach Haus kam. «Aber wird dir das nicht furchtbar langweilig? Hier ist nichts los, und das Wetter ist einfach grässlich. Stürmisch und eiskalt. Sollte mich nicht wundern, wenn wir Schnee bekommen.»

«Ist mir egal.» Ohne David war alles egal. Sie wusste nur eines, ein Wochenende allein in London, das hielt sie nicht aus. «Ich nehme den Zug, wenn Dad mich vom Bahnhof abholen kann.»

«Aber natürlich doch … die übliche Zeit, ja? Ich sause gleich nach oben und mache dein Bett.»

Mit dem Wetter sollte Mrs. Ramsay Recht behalten. Es fing an zu schneien, kaum dass der Zug Paddington Station verlassen hatte und dem platten Land zustrebte. Als sie in Cheltenham ankamen, lag der Schnee auf dem Bahnsteig bereits fünf Zentimeter hoch, und Antonias Vater, der sie abholte, hatte Gummistiefel und einen uralten Tweedmantel mit Kaninchenfutter an, der einst seinem Großvater gehört hatte und nur bei Sauwetter zum Einsatz kam.

Die Heimfahrt war heikel, da die Spurrillen im Schnee vereist waren und sie gelegentlich ins Schleudern kamen, und als sie endlich wohlbehalten das Haus erreichten, da saßen sie beim Abendessen auf einmal im Dunkeln. Antonias Vater zündete Kerzen an und telefonierte mit dem E-Werk, und man sagte ihm, das Hauptkabel wäre nicht in Ordnung, doch in diesem Augenblick würde sich eine Reparaturmannschaft auf die Suche nach dem Fehler machen. Und so hatten sie den Abend bei Kerzenschimmer und Feuerschein über schwierigen Kreuzworträtseln verbracht. Gott sei Dank bullerte der Herd heimelig, ließ sie nicht im Stich, sodass sie sich Wasser für Wärmflaschen und einen Schlummertrunk heiß machen konnten.

Und jetzt, am nächsten Morgen ... immer noch Dunkelheit, Stille und Kälte. Antonia streckte eine verfrorene Hand aus, wollte die Nachttischlampe anknipsen, Fehlanzeige. Da half nur eines, sie musste sich aufsetzen, nach Streichhölzern tasten und den Kerzenstummel anzünden, der sie ans Bett begleitet hatte. Nicht zu fassen, aber im matten Kerzenschein sah sie, daß es nach neun Uhr war. Sie nahm allen Mut zusammen, schlug die Bettdecke zurück und wagte sich in die Eiseskälte. Als sie die Vorhänge aufzog, sah sie den weißen Schnee, vor dem sich die schwarzen Äste in der grauen Düsternis wie mit Kohle gezeichnet ausnahmen, denn die Sonne ließ sich nicht blicken. Ein Kaninchen war quer über den verschneiten Rasen gehoppelt und hatte Fährten hinterlassen, die wie Nähmaschinenstiche aussahen. Zitternd zog sich Antonia die wärmsten Kleidungsstücke an, die sie auftreiben konnte, bürstete sich bei Kerzenschein das Haar, putzte sich die Zähne und ging nach unten.

Das Haus wirkte verlassen. Kein Laut störte die Stille. Keine Waschmaschine, kein Geschirrspüler, kein Staubsauger, kein Bohnerbesen. Aber jemand hatte im Kamin in der Diele ein Kohlenfeuer angezündet, das flackerte einladend und roch so gemütlich.

Auf der Suche nach Gesellschaft ging Antonia in die Küche, wo es vergleichsweise warm war; und dort traf sie auch ihre Mutter an, die saß am Küchentisch, auf dem sie Zeitungspapier ausgebreitet hatte, und wollte sich gerade daranmachen, ein Paar Fasane zu rupfen, eine langweilige Arbeit. Als Antonia hereinkam, blickte sie auf, eine kleine und schlanke Frau mit einem Schopf lockiger grauer Haare.

«Kind! Ist das nicht furchtbar! Immer noch kein Strom. Hast du gut geschlafen?»

«Bis eben. Es ist so dunkel und so ruhig. Wie am Nordpol. Ob ich wohl nach London zurückkomme?»

«Aber ja doch. Wir haben den Wetterbericht gehört, das Schlimmste scheint vorüber zu sein. Mach dir Frühstück.»

«Ich will bloß etwas Kaffee ...» Sie goss sich einen Becher aus einer Kanne ein, die hinten auf dem Herd stand.

«Bei solch einem Wetter sollte man anständig frühstücken. Isst du auch wirklich genug? Du bist furchtbar dünn.»

«Das macht das Leben in London. Aber sei bitte nicht so eine Glucke wie andere Mütter.» Sie machte den Kühlschrank auf, wollte sich Milch holen; komisch, wenn das Licht nicht anging. «Sonst keiner da?»

«Mrs. Hawkins ist eingeschneit. Sie hat vor gut einer Stunde angerufen. Sie kriegt nicht mal ihr Fahrrad aus dem Schuppen. Ich habe ihr gesagt, sie soll ruhig zu Hause bleiben, ohne Strom kann sie hier sowieso nicht viel machen.»

«Und Dad?»

«Der ist zum Nachbarhof rüber und will Milch und Eier holen. Er musste zu Fuß gehen, weil der Sturm gestern eine von Dixons Buchen umgeblasen hat, die blockiert den Feldweg. War es in London auch so windig?»

«Ja, aber in London ist das irgendwie anders. Der Wind ist nur schneidend kalt und bläst einem Abfall und anderen Unrat um die Ohren. Man kommt gar nicht auf die Idee, dass er auch Bäume umwehen kann.» Sie setzte sich an den Tisch und sah ihrer Mutter zu, wie sie mit flinken Händen rupfte. Weiche graue und braune Federn schwebten durch den Raum. «Warum rupfst du die Fasane? Ich dachte, Dad nimmt dir das immer ab.»

«Ja, normalerweise schon, und es soll sie ja heute zum Abendessen geben, aber als er weg war und ich das Frühstücksgeschirr abgewaschen hatte, da wusste ich einfach nicht, was ich tun sollte. Ohne Elektrizität, meine ich. Blieb nur Fasanerupfen oder Silberpolieren, und Silber poliere ich so ungern, dass ich mich für die Fasane entschieden habe.»

Antonia stellte ihren Becher hin und griff nach dem Hahn. «Ich helfe dir.» Sein Körper war kalt und fest, und die Federn auf seiner fleischigen Brust fühlten sich dicht und flaumig an. Die an seinem Hals waren blau wie Pfauenaugen und leuchteten wie Edelsteine.

Sie hielt den Vogel hoch und spreizte seine Schwingen wie einen Fächer. «Ich habe immer ein schlechtes Gewissen, wenn jemand ein so schönes Geschöpf schießt.»

«Ich weiß, ich auch. Darum macht dein Vater das ja auch für mich. Und doch hat das Geflügelrupfen etwas beruhigend Zeitloses an sich. Man denkt dabei an Generationen von Landfrauen, die genau das hier getan, das heißt in ihrer Küche gesessen und sich mit ihren Töchtern unterhalten haben. Und vermutlich die Flaumfedern für Kopfkissen und Daunendecken zurückbehalten haben. Jedenfalls dürfen wir nicht sentimental werden. Die armen Vögel sind schon tot, und vergiss nicht, wie köstlich gebratener Fasan zum Abendessen schmeckt. Ich habe die Dixons und Tom dazu gebeten.» Sie hob einen großen Müllbeutel aus Plastik auf und schob die ersten Federn hinein. «Ich wusste nicht recht», fuhr sie bemüht beiläufig fort, «ob David auch mitkommt.»

David. Mrs. Ramsay war eine gute Beobachterin, und Antonia wusste, dass dieser behutsame Vorstoß einer Aufforderung gleichkam, sich ihr anzuvertrauen. Aber irgendwie konnte Antonia nicht über David sprechen. Sie war an diesem Wochenende nach Haus gekommen, weil sie einsam und schrecklich unglücklich war, aber darüber zu sprechen, nein, das schaffte sie nicht.

Es hatte schon seinen Grund, warum sein Name so leicht in die Unterhaltung eingeflossen war, David und Tom Dixon waren nämlich Brüder, und die Ramsays und die Dixons waren ihr Leben lang Freunde und Nachbarn gewesen. Mr. Dixon bewirtschaftete seinen Hof, und Mr. Ramsay leitete die Bank am Ort, und in jeder freien Minute spielten sie zusammen Golf, und zuweilen setzten sie sich eine Woche zum Angeln ab. Mrs. Ramsay und Mrs. Dixon waren auch gute Freundinnen, treue Anhängerinnen des Landfrauenvereins und Mitglieder im gleichen kleinen Bridgeclub. Tom, der ältere Bruder, bewirtschaftete inzwischen den Hof mit seinem Vater. Antonia war er immer sehr erwachsen und reserviert vorgekommen, jemand, auf den Verlass war, der beim Fahrradflicken und Flößebauen nützlich war, aber nie ein dicker Freund. Nicht wie David. David und Antonia, ein Paar, das nichts als ein paar Jahre trennte, sonst waren sie unzertrennlich.

Wie Bruder und Schwester, hatten alle gesagt, aber es war mehr als das. Für Antonia hatte es immer nur David gegeben. Als sie aufs Internat geschickt wurden, die Universität besuchten, ihre Wege sich trennten und ihr Lebenskreis größer wurde, hatten natürlich alle erwartet, dass aus ihrer gegenseitigen Zuneigung schlicht Freundschaft werden würde, doch irgendwie war das genaue Gegenteil eingetreten. Die Trennung hatte ihre Zuneigung nur angefacht, sodass jedes Wiedersehen, jedes Zusammensein noch schöner und aufregender war als das vorherige. Andere Jungs und später andere Männer ließ Antonia kalt ablaufen, denn sie kamen ihr im Vergleich zu David langweilig oder unansehnlich oder so anspruchsvoll vor, daß es sie schüttelte.

David war das Maß aller Dinge. Er brachte sie zum Lachen. Mit David konnte sie über alles reden, weil sie alles Wichtige im Leben mit David geteilt hatte, und wenn nicht, dann wusste er auch so Bescheid.

Und zu allem Überfluss sah auch keiner so gut aus wie er: Der hübsche Junge hatte sich ohne die unangenehmen Zwischenstadien zu einem attraktiven Mann gemausert. David fiel alles leicht. Freunde gewinnen, Sport, Examen bestehen, einen Studienplatz erringen, eine Stelle finden.

«Ich komme nach London», hatte er gesagt.

Antonia war bereits ein Jahr dort, arbeitete für den Inhaber einer Buchhandlung in der Walton Street und teilte sich eine Wohnung mit einer alten Schulfreundin.

«David, wie schön!»

«Hab einen Job bei Sandberg Harpers erwischt.»

Sie hatte in Angst und Schrecken gelebt, er könnte ins Ausland oder ganz in den Norden Schottlands oder an einen so abgelegenen Ort gehen, dass sie ihn nie wieder sehen würde. Jetzt konnten sie alles zusammen machen. Vor ihrem inneren Auge sah sie bereits intime Diners beim Italiener, Bootsfahrten auf dem Fluss, die Tate Gallery an strahlenden, kalten Winternachmittagen. «Hast du schon eine Wohnung?»

«Ich kann bei Nigel Crawston unterkommen, er wohnt im Haus seiner Mutter, in Pelham Crescent. Er sagt, ich kann die Mansarde haben.»

Antonia kannte Nigel Crawston nicht, aber als sie das erste Mal zu ihm ins Haus kam, hatte sie gleich ein ungutes Gefühl gehabt – Nigel war ein so weltläufiger junger Mann und das Haus so schön, dass zwischen ihm und Antonias kleiner Wohnung Welten lagen. Es war ein richtiges Haus für Erwachsene, voll mit schönen Dingen, und Davids Mansarde stellte sich als abgeschlossene Wohnung mit einem Badezimmer heraus, das wie eine Reklame für kostspielige Installationen wirkte.

Nigel hatte auch noch eine Schwester. Sie hieß Samantha, und sie benutzte das Haus als eine Art Absteige zwischen Ski-Urlauben in der Schweiz und Besuchen bei Freunden auf einer Jacht im Mittelmeer. Manchmal nahm Samantha, wenn sie länger in London weilte, irgendeinen anspruchslosen Job an, nur um die Zeit totzuschlagen, doch fraglos mußte sie ihren Lebensunterhalt nicht damit verdienen. Dazu war sie noch unausstehlich attraktiv, dünn wie eine Bohnenstange und hatte langes, glattes blondes Haar, das immer wie frisch vom Friseur wirkte.

Antonia gab sich alle Mühe, aber sie kam mit den Crawstons nicht zurecht. Einmal gingen sie alle zusammen zum Abendessen aus, in ein so teures Restaurant, daß sie den Anblick, wie David seinen Teil der Rechnung hinblätterte, einfach unerträglich fand.

Hinterher sagte sie: «Du sollst mich nicht in solche Lokale ausführen. Ein Essen da hat dich ja mindestens ein Wochengehalt gekostet.»

Er ärgerte sich. «Was geht das dich an?»

So hatte er noch nie geredet, und Antonia war zumute, als hätte er sie geohrfeigt. «Es ist bloß … na ja, irgendwie Verschwendung.»

«Eine Verschwendung von was?»

«Von Geld, oder?»

«Wie ich mein Geld ausgebe, das ist meine Sache. Deine Meinung interessiert mich nicht.»

«Aber …»

«Halt dich bitte raus, ja?»

Es war ihr erster richtiger Krach. An diesem Abend hatte sie sich in den Schlaf geweint, scheußlich, wie albern sie sich aufgeführt hatte. Am nächsten Morgen hatte sie ihn im Büro angerufen, wollte sich entschuldigen, aber das Mädchen in der Telefonzentrale hatte gesagt, er wäre nicht zu sprechen, und später brachte Antonia nicht mehr den Mut auf, und es dauerte fast fünf Tage, bis David wieder anrief.

Sie versöhnten sich, und Antonia redete sich ein, es wäre alles wieder wie früher, aber im tiefsten Herzen wusste sie, dass es nicht stimmte. Weihnachten fuhren sie beide in Davids Auto nach Gloucestershire, auf dem Rücksitz einen Stapel Geschenke für ihre beiden Familien. Aber selbst Weihnachten hatte seine Probleme. Herkömmlicherweise verlobt man sich an den Festtagen; und jetzt bekam Antonia zum ersten Mal zu spüren, dass Freunde und Familie irgendeine Ankündigung erwarteten. Ein, zwei reizende Damen, die Pastorsfrau und Mrs. Trumper aus der Villa, konnten sich denn auch ein paar neckische Anspielungen nicht verkneifen, unterschwellig zwar, aber unverkennbar. Antonia mit ihrer mimosenhaften Empfindlichkeit bildete sich ein, dass ihr forschender Blick zu ihrer linken Hand wanderte, wo die Damen einen riesigen Diamantring zu erspähen hofften.

Es war furchtbar. Früher hätte sie sich David anvertraut, und sie hätten darüber lachen können, aber irgendwie ging das nicht mehr.

Seltsamerweise war es Tom, der ihr zu Hilfe kam. Tom, der ganz gegen seine Art plötzlich eine Party in seiner Scheune geben wollte. Sie sollte am Abend des zweiten Weihnachtstages steigen, und er mietete eine Disco und lud alle jungen Leute aus der Nachbarschaft ein. Tanz und Spaß dauerten bis fünf Uhr morgens und machten einen solchen Wirbel, dass sich alle nicht länger über Antonia und David den Kopf zerbrachen, sondern stattdessen die Party durchhechelten. Nachdem der Druck von ihr genommen war, lief alles leichter, und nach den Festtagen kehrten sie und David nach London zurück.

Nichts hatte sich geändert; nichts war entschieden; nichts war diskutiert worden, aber sie wollte es auch nicht anders. Sie wollte ihn einfach nicht verlieren. Er hatte so lange zu ihrem Leben gehört, dass ihn verlieren bedeutete, einen Teil ihrer selbst zu verlieren, und der Gedanke erfüllte sie mit solchem Entsetzen, dass sie ihn einfach verdrängen musste. Es war beschämend, aber sie wollte einfach nicht wahrhaben, dass so etwas ihr passieren könnte.

Doch David war stärker als sie. Eines Abends, kurz nach Weihnachten, rief er an und lud sich zum Abendessen bei ihr ein. Antonias Mitbewohnerin verzog sich taktvoll, und Antonia machte Spaghetti Bolognese und ging noch schnell um die Ecke und holte in einem Spirituosengeschäft eine nicht zu teure Flasche Wein. Als es klingelte, rannte sie die Treppe hinunter, um ihn einzulassen, doch kaum sah sie sein Gesicht, da war es mit der Selbstbeherrschung und all den grundlosen Hoffnungen vorbei, und sie wusste, er hatte schlechte Nachrichten für sie.

David.

Ich wusste nicht recht, ob David auch mitkommt.

Antonia rupfte jetzt die Brustfedern des Hahns.

«Nein ... er bleibt dieses Wochenende in London.»

«Na schön», sagte ihre Mutter gelassen. «Es hätte sowieso nicht für alle gereicht.» Sie lächelte. «Das heute», fuhr sie fort, «so ohne Strom und auf sich selbst gestellt, das erinnert mich sehr an meine Kindheit. Ich habe hier gesessen und in Erinnerungen geschwelgt; sie stehen mir alle so lebendig und klar vor Augen.»

Mrs. Ramsay war als eines von fünf Kindern

in einer abgelegenen Gegend von Wales aufgewachsen. Ihre Mutter, Antonias Großmutter, lebte immer noch dort, unabhängig und drahtig, hielt sich Hühner, kochte Obst ein, grub ihren Gemüsegarten um, und wenn Dunkelheit oder schlechtes Wetter sie zwangen, ins Haus zu gehen, strickte sie allen Enkelkindern große Pullover mit Knubbeln. Besuche bei ihr waren stets ein Fest und eine Art Abenteuer. Nie wusste man, was als Nächstes passieren würde, und die alte Dame hatte ihrer Tochter viel von ihrer Lebenslust und ihrem Lebensmut vererbt.

«Erzähl doch», sagte Antonia, zum einen, weil sie neugierig war, zum anderen, weil sie vom Thema David ablenken wollte.

Mrs. Ramsay schüttelte den Kopf. «Ich weiß auch nicht, wie das kommt. Vielleicht machen das die Haushaltsgeräte und die ganze arbeitssparende Technik, die nicht mehr funktionieren. Oder der Geruch nach Kohlenfeuer und die Kälte in den Schlafzimmern. Wir hatten einen Herd in der Küche, auf dem machten wir auch das Badewasser heiß, aber die ganze Wäsche musste einmal die Woche in einem riesigen Kessel in der Waschküche gewaschen werden. Da mussten alle mithelfen, mussten reihenweise Laken aufhängen, und wenn sie trocken waren, haben wir sie abwechselnd gebügelt. Und im Winter war es so kalt, dass wir uns alle im Bügelzimmer angezogen haben, weil es da wenigstens ein bisschen warm war.»

«Aber Großmutter hat doch jetzt Elektrizität?»

«Ja, aber es hat lange gedauert, bis sie das Dorf angeschlossen haben. Die Hauptstraße hatte Straßenbeleuchtung, doch nach dem letzten Haus war Schluss damit. Ich hatte eine Busenfreundin, die Pastorstochter, und wenn ich bei der zum Tee war, musste ich immer allein nach Haus gehen. Meistens hat mir das nichts ausgemacht, aber manchmal war es dunkel und windig und nass, und dann hatte ich Angst vor Gespenstern und bin nach Haus gerannt, als wären mir Ungeheuer auf den Fersen. Mutter hat gewusst, dass ich Angst hatte, aber sie hat gesagt, ich müsse lernen, eigenständig zu werden. Und als ich gejammert habe wegen der Gespenster und der Ungeheuer, da hat sie gesagt, der Trick ist, man geht langsam und sieht zu den Bäumen und dem unendlichen Himmel hoch. Dann, hat sie gesagt, würde ich schon merken, wie winzig klein ich bin und wie albern und nichtig meine kleinen Ängste wären. Und ob du es glaubst oder nicht, es hat funktioniert.»

Beim Reden hatte sie sich auf ihre Arbeit konzentriert, aber jetzt blickte sie auf und sah über den Tisch voller Federn hinweg ihre Tochter an, und ihre Blicke trafen sich. Sie sagte: «Das mache ich immer noch. Wenn ich unglücklich bin oder Sorgen habe. Ich gehe nach draußen, irgendwohin, wo es friedlich und ruhig ist, und blicke zu den Bäumen und zum Himmel hoch. Und nach einem Weilchen geht es mir besser. Das klappt wahrscheinlich, weil man dann alles wieder im rechten Licht, im richtigen Verhältnis sieht.»

Im richtigen Verhältnis. Antonia merkte, ihre Mutter wusste, dass es zwischen ihr und David ganz und gar nicht stimmte. Sie wusste es und bot ihr keinerlei Trost an. Nur einen Rat. Stell dich den Gespenstern der Einsamkeit, den Ungeheuern der Eifersucht und des Gekränktseins. Sei eigenständig. Und lauf nicht weg.

Nachmittags war der Strom immer noch nicht da. Als sie das Geschirr vom Mittagessen abgewaschen und weggeräumt hatten, zog sich Antonia Stiefel und einen Lammfellmantel an und brachte den alten Spaniel ihres Vaters dazu, mit ihr vor die Tür zu gehen. Der Hund, der sich schon Bewegung gemacht hatte, zeigte wenig Lust, seinen Platz am Feuer aufzugeben, aber als er erst einmal draußen war, führte er sich auf wie ein Welpe, sprang durch den Schnee und jagte verlockenden Kaninchenfährten nach.

Der Schnee lag hoch, und der Himmel hing so tief und grau wie eh und je; die Luft war ruhig und die Landschaft verschneit und still. Antonia folgte dem Pfad, der den Hügel hinter ihrem Haus hoch führte. Ab und zu hörte man Flügelschlagen, wenn ein aufgestörter Fasan einen Warnruf ausstieß, aufstob und durch die Bäume davonrauschte. Sie blieb stehen, denn ihr war kalt, aber als sie die Hügelkuppe erreichte, war ihr so warm vom Aufstieg, dass sie einen Baumstumpf von Schnee freiräumte und sich hinsetzte und die große Weite der vertrauten Aussicht genoss.

Das Tal schlängelte sich bis zu den Hügeln hin. Sie sah weiße Felder, kahle Bäume, den silbrigen Fluß. Weit unten lag das Dorf, lichtlos durch den Stromausfall drängte es sich um die einzige Straße; senkrecht stieg der Rauch aus den Schornsteinen in die reglose Luft. Eine überwältigende Stille, die nur ab und zu durch das Jaulen einer Kettensäge unterbrochen wurde, sonst kristallene Stille. Wahrscheinlich Tom Dixon und einer der Landarbeiter, die immer noch mit der umgefallenen Buche beschäftigt waren.

Der Hügel senkte sich sacht zum Wald hin. Auf diesem Hügel hatten sie und David als Kinder gerodelt; in dem Wald hatten sie im Sommer ein Lagerfeuer gemacht und Kartoffeln in der Asche gebacken. An der Biegung des Flusses, auf dem Land der Dixons hatten sie Forellen geangelt und an heißen Tagen in dem klaren, seichten Wasser gebadet. Überall in dieser kleinen Welt lauerten Erinnerungen an David.

David. Dieser letzte Abend: «Soll das heißen, du willst mich nicht mehr sehen?» Zornig und gekränkt war sie am Ende damit herausgeplatzt.

«Ach Antonia, ich bin nur ehrlich. Ich möchte dir nicht wehtun. Aber ich kann nicht mehr so tun als ob. Ich kann dich nicht belügen.

So geht es nicht weiter. Es ist für beide Seiten nicht fair, und auch nicht fair unseren Familien gegenüber.»

«Dann bist du also in Samantha verliebt?»

«Ich bin in niemand verliebt. Das möchte ich gar nicht. Ich möchte noch nicht häuslich werden. Ich möchte mich noch nicht binden. Ich bin zweiundzwanzig, und du bist zwanzig. Lass uns lernen, ohne einander zu leben und eigenständig zu werden.»

«Ich bin eigenständig.»

«Nein, das bist du nicht. Du bist ein Teil von mir. Irgendwie klammern wir zu sehr. Das ist gut und schlecht zugleich, weil bislang nämlich keiner von uns beiden frei gewesen ist.»

Frei. Er hatte es frei genannt, aber für Antonia bedeutete es allein. Andererseits aber konnte man nicht eigenständig sein, ehe man nicht gelernt hatte, allein mit sich zu Rande zu kommen, und das hatte ihre Mutter ihr sagen wollen. Sie legte den Kopf zurück und sah durch die dunklen, winterlichen Zweige der Bäume über sich zum grauen und wenig trostspendenden Himmel hoch.

Wir können, wo wir lieben, ja nur eins, einander lassen. Hatte das jemand vor langer Zeit zu ihr gesagt – nein, sie hatte es irgendwo gelesen. Woher die Weisheit stammte, das hatte sie vergessen, doch nicht die Worte, die ihr so jäh mir nichts, dir nichts wieder gegenwärtig waren. Wenn sie David so liebte, dass sie ihn loslassen konnte, dann würde sie ihn nicht völlig verlieren. Und sie hatte schon so viel von ihm gehabt ... es wäre gierig, nach mehr zu verlangen.

Außerdem – erstaunlich und irgendwie erschreckend, dass sie trotz allem einen so klaren Kopf behalten hatte – wollte sie genauso wenig heiraten wie er. Sie wollte sich nicht verloben, Hochzeit feiern, ein Nest bauen. Die Welt ging weit über dieses Tal, über London, über die Grenzen ihrer Phantasie hinaus. Die Welt wartete da draußen auf sie voller Menschen, die sie noch nicht kennen gelernt hatte, und voller Dinge, die sie noch tun musste. David hatte es gewusst. Das hatte er ihr sagen wollen.

Im rechten Verhältnis. Im richtigen Licht. Wenn man das erst geschafft hatte, dann sah alles nicht mehr ganz so trostlos aus. Eher zeigte sich eine Reihe von interessanten Perspektiven. Vielleicht hatte sie zu lange in der Buchhandlung gearbeitet. Vielleicht war es Zeit weiterzuziehen – sogar ins Ausland zu gehen. Warum kochte sie nicht auf einer Jacht im Mittelmeer oder beaufsichtigte ein Kind in Paris und lernte fließend Französisch parlieren oder …

Eine kalte Schnauze schnupperte an ihrer Hand. Sie blickte nach unten, und da sah sie der alte Hund vorwurfsvoll an, sagte mit großen braunen Augen, ich habe es satt, im Schnee zu sitzen, lass uns weitergehen, lass uns Kaninchen jagen. Antonia merkte, dass ihr auch kalt geworden war. Sie stand auf und machte sich auf den Heimweg, nicht auf dem gleichen Weg, sondern querfeldein durch den Schnee zum Wald. Nach einem Weilchen fing sie an zu laufen, nicht nur weil sie fror, sondern weil ihr so leicht ums Herz war wie zu Kinderzeiten.

Sie gelangte zum Wald und schlug den Weg ein, der zum Hof der Dixons führte. Sie kam zu der Lichtung, wo die Buche umgefallen war. Die Kettensäge hatte den dicken Stamm schon zerteilt, doch noch sah es wüst aus, roch nach frisch gesägtem Holz, und das glimmende Feuer duftete nach brennendem Holz. Kein Mensch war zu sehen, doch wie sie so dastand und um den schönen Baum trauerte, da hörte sie auf dem Weg vom Hof her einen Traktor kommen, und im nächsten Augenblick bog er schon mit Tom am Steuer um die Ecke. Als er die Lichtung erreicht hatte, stellte Tom den Motor aus und kletterte aus der Kabine. Er hatte Latzhosen, einen alten Pullover und eine gefütterte Jacke an und war trotz der Kälte barhäuptig.

«Antonia!»

«Hallo, Tom.»

«Was tust du hier?»

«Bin ein bisschen spazieren gegangen. Ich konnte die Säge hören.»

«Wir haben fast den ganzen Nachmittag dazu gebraucht.»

Er war älter als David und weder so groß noch so gut aussehend. Sein wettergebräuntes Gesicht lächelte nicht oft, doch seine lustigen, hellen Augen, die nur so vor Lachen funkeln konnten, straften sein ernstes Aussehen Lügen. «Das Schlimmste ist geschafft.» Er ging zu dem schwelenden Feuer und trat nach der grauen Asche, wollte sie anfachen. «Wenigstens brauchen wir uns jetzt ein, zwei Monate nicht um Feuerholz zu sorgen. Und wie geht's dir?»

«Gut.»

Er blickte hoch, und ihre Blicke trafen sich über den Flämmchen und dem wölkenden Rauch. «Wie geht's David?»

«Auch gut.»

«Ist er nicht mitgekommen?»

«Nein, er wollte in London bleiben.» Sie steckte die Hände tiefer in die Taschen des Lammfellmantels und sagte, was sie ihrer Mutter nicht hatte sagen können: «Er macht nächste Woche mit den Crawstons Skiurlaub. Hast du das nicht gewusst?»

«Meine Mutter hat es, glaube ich, erwähnt.»

«Sie haben eine Villa in Val d'Isère gemietet und haben ihn eingeladen mitzukommen.»

«Und dich nicht?»

«Nein. Nigel Crawston hat schon eine Freundin.»

«Ist Samantha Crawston jetzt Davids Freundin?»

Antonia stellte sich seinem unverwandten Blick. Sie sagte: «Ja. Im Augenblick.»

Tom bückte sich, hob einen weiteren Stock auf und warf ihn ins Feuer. «Macht dir das zu schaffen?», fragte er sie.

«Hat es, aber jetzt nicht mehr.»

«Seit wann geht das?»

«Es geht schon eine ganze Zeit, ich wollte es nur nicht wahrhaben.»

«Bist du unglücklich?»

«Ja, bis vor kurzem. Jetzt nicht mehr. David sagt, wir müssen jeder unser Leben leben. Und er hat Recht. Wir haben zu sehr geklammert.»

«Hat er dir wehgetan?»

«Ein wenig», gab sie zu. «Aber David gehört mir nicht.»

Tom schwieg ein Weilchen. Dann sagte er: «Das hört sich ziemlich erwachsen an.»

«Es stimmt aber, was, Tom? Jetzt wissen wir wenigstens, woran wir sind. Nicht nur David und ich, sondern alle.»

«Ich weiß, was du meinst. Es macht mit Sicherheit vieles einfacher.» Er warf noch einen Armvoll Zweige aufs Feuer, und es zischte, als der Schnee schmolz. «Natürlich hat sich Weihnachten jeder verstohlen gefragt, was ihr beiden eigentlich vorhabt.»

Antonia staunte. «Du hast das auch gemerkt? Ich dachte, das ginge nur mir so. Und ich habe mir eingeredet, nur ich reagiere so heftig.»

«Sogar meine Mutter, die sonst die Vernunft in Person ist, hat sich angesteckt und angefangen, etwas von Weihnachtsverlobungen und Junihochzeiten durchblicken zu lassen.»

«Es war grässlich.»

«Das habe ich mir gedacht.» Er grinste. «Du hast mir sehr Leid getan.»

Antonia sah ihn groß an, und dann kam ihr ein Verdacht. «Hast du deswegen … die Party gegeben?»

«Na ja, immer noch besser, als dass alle rumhocken und rumrätseln und darauf warten, dass du und David mit blanken Augen hereingetrapst kommt und sagt: ‹Alle mal herhören, wir haben euch was zu sagen – wir haben eine Ankündigung zu machen.›» Er brachte das so geziert heraus, daß Antonia lachen musste. Sie war ihm ja so dankbar, sie mochte ihn ja so gern!

«Oh, Tom, du bist Spitze. Du hast den Druck von mir genommen, hast mir das Leben gerettet.»

«Na ja. Ich weiß nicht recht. Ich habe lange genug deine Fahrräder geflickt und Baumhäuser für dich gebaut. Ich dachte, mach endlich mal was Konstruktives für sie.»

«Aber das hast du doch. Immer. Wie soll ich dir nur danken.»

«Du musst mir nicht danken.» Er warf weiter Zweige aufs Feuer. «Ich muss die schlimmste Unordnung noch vor dem Dunkelwerden beseitigen.»

Da fiel ihr etwas ein. «Du bist heute Abend bei uns zum Essen. Hast du das gewusst?»

«Wirklich?»

«Eingeladen bist du jedenfalls. Du musst kommen. Ich habe den ganzen Morgen Fasane gerupft, und wenn du uns nicht beim Aufessen hilfst, war die ganze Mühe umsonst.»

«In dem Fall», sagte Tom, «bin ich zur Stelle.»

Sie blieb noch ein Weilchen und half ihm bei der Arbeit, und als sich der Winternachmittag neigte und die Dämmerung langsam heraufzog, überließ sie ihn seiner Arbeit und ging nach Haus. Beim Gehen merkte sie, dass die Luft weicher geworden war und dass ein sanfter Westwind durch die Bäume fuhr. Der gefrorene Schnee auf den Ästen fing an zu tropfen. Über ihr teilten sich die Wolken, ein Fleckchen heller, aquamarinblauer Abendhimmel lugte hervor. Als sie durch die Pforte am Weg zum Hof der Dixons ging, blickte sie den Hügel hoch und zu ihrem Haus hin und sah, dass hinter den Fenstern, deren Vorhänge nicht zugezogen waren, Licht brannte.

Alles ging wieder seinen gewohnten Gang.

Der Stromausfall war vorbei. Und sie würde es schon schaffen, ohne David zu leben. Warum rief sie ihn nicht an, wenn sie zu Haus war und sagte ihm das, damit er kein schlechtes Gewissen mehr haben musste und ohne Schuldgefühle Pläne für Val d'Isère machen konnte?

Es fing an zu tauen. Vielleicht war morgen sogar ein schöner Tag.

Und Tom kam zum Abendessen.

Das rote Kleid

Einen Monat nachdem man Dr. Haliday zu Grabe getragen hatte, kam Mr. Jenkins, der Gärtner, zu Abigail und kündigte mit betrübter Miene und unter reichlichem Gekratze am Kopf.

Abigail hatte das seit einiger Zeit kommen sehen. Mr. Jenkins war hoch in den Siebzigern. Er hatte ihrem Vater fast vierzig Jahre den Garten gemacht. Doch was half das schon gegen ihren Schreck.

Sie dachte an den wunderschönen Garten, den jetzt niemand mehr pflegen würde. Sie hatte Schreckensvisionen, wie sie ganz allein den Rasen mähen, Kartoffeln roden, Blumenbeete jäten musste. Sie sah sich, wie ihr das

Ganze über den Kopf wuchs, wie der Garten verwilderte. Sie sah, wie sich Nesseln, Dornen und Kreuzkraut breit machten, alles überwucherten.

Panik erfasste sie, und sie dachte: ‹Lieber Gott, was soll ich ohne ihn bloß machen?›

Doch laut sagte sie: «Mr. Jenkins, was soll ich ohne Sie anfangen?»

«Tja», sagte Mr. Jenkins nach einer nachdenklichen Pause, «vielleicht suchen Sie sich jemand anders.»

«Es wird mir wohl nichts anderes übrig bleiben.» Sie war besiegt, sie hatte nichts bewirkt. «Aber Sie wissen doch, wie schwer man jemand für Gelegenheitsarbeiten findet. Es sei denn ...» Aber da erhoffte sie sich gewiss zu viel. «Es sei denn, Sie wissen jemand?»

Mr. Jenkins schüttelte den Kopf von einer Seite zur anderen wie ein altes Pferd, dem die Fliegen zusetzen. «Das ist schwierig», gab er zu, «und gern verlasse ich Sie nicht. Aber irgendwie fehlt mir ohne den Doktor die Lust weiterzumachen. Wir haben ihn zusammen gemacht, er und ich. Und es wird mir auch einfach zu viel, und bei feuchtem Wetter merke ich mein Rheuma. Und was meine Frau betrifft, die ist schon das ganze letzte Jahr hinter mir her, daß ich kündigen soll, aber ich mochte den Doktor nicht im Stich lassen ... »

Ihm war dabei sichtlich unwohl zumute. Abigails weiches Herz schmolz wie Wachs. Sie streckte die Hand aus und legte sie ihm auf den Arm. «Natürlich müssen Sie sich zur Ruhe setzen. Sie haben Ihr Leben lang gearbeitet. Es wird Zeit, daß Sie etwas langsamer treten. Aber ... Sie werden mir fehlen. Nicht nur im Garten. Sie sind uns so lange ein Freund gewesen ...»

Mr. Jenkins brummelte verlegen vor sich hin und verzog sich. Einen Monat später ging er dann zum letzten Mal, schwankte den Weg auf seinem uralten Fahrrad entlang. Es war das Ende einer Ära. Und, was schlimmer war, Abigail hatte immer noch keinen Ersatz gefunden.

«Ich mache einen Aushang im Fenster vom Postamt», hatte Mrs. Midgeley vorgeschlagen, und dann hatte sie zusammen mit Abigail die Notiz auf dem Kärtchen aufgesetzt. Alles, was sich danach tat, war ein Junge mit schlauen Augen auf einem Moped, der so unzuverlässig wirkte, dass Abigail ihn nicht mal in die Küche ließ. Vor lauter Angst mochte sie ihm nicht sagen, dass ihr sein Aussehen missfiel, und so log sie und sagte, sie hätte schon jemanden gefunden. Und da war er richtiggehend unangenehm geworden und hatte aus seinem Herzen keine Mördergrube gemacht, ehe er in einer stinkenden Wolke aus dem Auspuffrohr abbrauste.

«Warum fragst du nicht bei einer Großgärtnerei?», hatte Yvonne gesagt. Yvonne war Abigails Freundin und mit Maurice verheiratet, der jeden Tag in die City pendelte. Yvonne kümmerte sich lieber um Pferde als um den Garten. Sie verbrachte ihr Leben als Chauffeuse ihrer Kinder und deren Ponys, mit Hin- und Rückkutschieren zu Gymkhanas und Jagdtreffen, und wenn sie nicht unterwegs war, mistete sie aus oder stemmte Heuballen, säuberte Zaumzeug, striegelte, flocht Mähnen oder rief den Tierarzt an. «Maurice hatte diese nachlässigen Typen, die nie kommen, so satt, dass er einen Vertrag mit einem Gärtner gemacht hat, und jetzt kommt einmal die Woche eine ganze Mannschaft, und wir jäten auch nicht das kleinste Unkraut mehr.»

Aber Yvonnes Garten bestand schlicht aus Rasen, spärlicher Buchenhecke und ein paar Narzissen. Er sah nie anders als kahl aus und hatte keinerlei Ähnlichkeit mit dem herrlichen

Garten, der zum Schönsten gehörte, was der alte Dr. Haliday seiner Tochter Abigail vermacht hatte. Sie wollte nicht, dass einmal die Woche eine stämmige Mannschaft ohne Gefühl husch-husch darüberging. Sie wollte jemanden, der nicht nur im Garten arbeitete, sondern ihn auch liebte.

«Es wäre gut», sagte Mrs. Brewer, die zweimal morgens die Woche für Abigail putzte, «es wäre gut, wenn Sie ein Häuschen anzubieten hätten. Man kriegt leichter Hilfe, wenn man zum Job auch ein Haus anbieten kann.»

«Aber ich habe kein Häuschen. Und auch keinen Platz, eins zu bauen. Und selbst wenn ich ihn hätte, ich könnte es mir nicht leisten.»

«Macht schon einen Unterschied, wenn man ein nettes Häuschen anzubieten hat», sagte Mrs. Brewer noch einmal. Und das tat sie in Abständen den ganzen Morgen über, doch das machte die Sache auch nicht besser.

Sechs Wochen lang schuftete Abigail ganz allein. Das Wetter war schön, und das verschlimmerte nur noch ihre Lage, denn es bedeutete, dass sich Abigail draußen abmühte, bis sie keine Hand mehr vor Augen sehen konnte. Trotzdem verkam der Garten nach und nach, denn alles wucherte wie wild. Sternmiere und Quecken schlichen sich vom angrenzenden Wald ein. Auf einmal lagen da tote Blätter, waren wie von ungefähr unter die Lavendelhecke geraten und hinter der Sonnenuhr zu trübseligen Haufen zusammengeweht. Der Gemüsegarten, den Mr. Jenkins noch umgegraben hatte, lag dunkel und vorwurfsvoll da, wartete darauf, gedrillt zu werden, wozu sie aber nie Zeit fand, wartete auf die Saat, die sie aus Zeitgründen nicht aussäen konnte.

«Vielleicht», sagte sie zu Mrs. Brewer, «sollte ich Gemüse einfach Gemüse sein lassen. Vielleicht sollte ich einfach überall Gras säen.»

«Das wäre jammerschade», sagte Mrs. Brewer streng. «Allein das Spargelbeet hat Jahre gebraucht. Und wissen Sie nicht mehr, was für Pastinaken uns Mr. Jenkins immer angebracht hat. Das langt ja für 'ne ganze Mahlzeit, hab ich immer gesagt, ja, das hab ich immer gesagt.»

Eine Bö, und eine der Pforten schlug auf, und schon war die Türangel entzwei. Die Klematis Montana musste beschnitten werden, aber Abigail hatte Angst vor Leitern. Sie wusste, sie musste Torf für die Azaleen bestellen. Und ob der Motormäher wohl in der Werkstatt gewesen war?

Im Dorf traf sie Yvonne. Yvonne sagte: «Langsam siehst du fix und fertig aus, Mädchen. Sag bloß, du versuchst, allein mit dem Garten zu Rande zu kommen?»

«Was soll ich denn sonst tun?»

«Das Leben ist zu kurz, um sich wegen eines Gartens umzubringen. Sieh den Tatsachen ins Auge. So was wie deinen Vater und Mr. Jenkins gibt es nicht nochmal. Du musst es dir einfacher machen. Musst auch mal dein eigenes Leben leben.»

«Ja», sagte Abigail. Sie wusste, dass es stimmte. Sie ging mit ihrem Korb voller Lebensmittel nach Haus und versuchte, sich zu einem Entschluss durchzuringen. Sie dachte: ‹Ich bin vierzig›, und darüber erschrak sie wie üblich. Was war aus ihren Jugendträumen geworden? Fort, hatten sich zusammen mit den Jahren verflüchtigt. Jahre, die sie in London gearbeitet hatte, dann war sie nach Brookleigh zurückgekehrt, um sich nach dem Tod der Mutter um ihren Vater zu kümmern. Und weil sie damit nicht ganz ausgelastet war, hatte sie in der Bücherei am Ort eine Stelle angenommen, doch vor sechs Monaten, als der Doktor einen leichten Schlaganfall gehabt hatte, da hatte sie auch die aufgegeben und ihre ganze Zeit und Energie darauf verwandt, den betriebsamen und bockigen alten Mann im Auge zu behalten.

Und der war nun tot, und Abigail war vierzig. Wie ging man mit vierzig Jahren um? Hörte man auf, Jeans zu tragen, hübsche Kleider zu kaufen, die Sonne zu genießen? Wurde man eine Karrierefrau oder vegetierte man nur noch dahin, schleppte sich ohne ersichtliche Mühe von einem Tag zum anderen, bis man fünfzig und dann sechzig war? Sie dachte: ‹Ich komme mir nicht wie vierzig vor.› Manchmal fühlte sich Abigail, als wäre sie immer noch achtzehn.

Mit diesen wirren Überlegungen brachte sie den ganzen Heimweg zu. Als sie um die Ecke der Ligusterhecke bog, sah sie das Fahrrad. Es war ein blaues Rad, sehr klapprig und alt und mit einem höchst unbequem aussehenden Sattel. Ein unbekanntes Rad. Wessen?

Niemand war zu sehen. Aber als Abigail zur Hintertür kam, da bog jemand aus dem Vorgarten um die Ecke und sagte: «Guten Morgen», und dieser Jemand sah so erstaunlich aus, daß Abigail einen Augenblick mit offenem Mund dastand. Er hatte eine wilde Mähne und einen zotteligen braunen Bart. Auf seinem Schopf thronte eine Strickmütze mit Troddel. Unter dem Bart kam ein ausgebeulter Pullover, der ihm fast bis auf die Knie reichte. Dann fleckige Cordhosen und altmodische Schnürstiefel.

Er kam näher. «Das ist mein Fahrrad da.» Sie sah, dass er noch ziemlich jung war; seine Augen in dem Haarwust waren erstaunlich blau.

«Ach ja», sagte Abigail.

«Ich hab gehört, Sie brauchen einen Gärtner.»

Abigail versuchte Zeit zu gewinnen. «Wer hat Ihnen das gesagt?»

«Meine Frau war auf der Post, und da hat's ihr die Postbeamtin erzählt.» Sie musterten sich. Er sagte schlicht: «Ich brauche Arbeit.»

«Sie sind neu hier, ja?»

«Ja. Wir stammen aus Yorkshire.»

«Wie lange sind Sie schon in Brookleigh?»

«Ungefähr zwei Monate. Wir leben im Haus am Steinbruch.»

«Im Haus am Steinbruch …» Abigail klang betroffen. «Ich dachte, das ist abbruchreif.»

Der Mann grinste. Weiße Zähne, gerade und glänzend, blitzten durch das Bartgestrüpp. «Ist es auch. Aber wenigstens haben wir ein Dach über dem Kopf.»

«Was hat Sie nach Brookleigh geführt?»

«Ich bin Künstler.» Er lehnte jetzt anmutig und mit den Händen in den Hosentaschen an der Fensterbank. «Die letzten fünf Jahre habe ich an einer Oberschule in Leeds Kunst unterrichtet, aber ich finde, wenn ich das jetzt nicht aufgebe und etwas mit meiner Malerei mache, dann schaffe ich es nie. Das hab ich mit meiner Frau besprochen. Wir finden, es ist den Versuch wert. Nach hier bin ich gekommen, weil London in der Nähe ist. Aber ich hab Kinder, und die wollen essen, und darum brauche ich einen Teilzeitjob.»

Seine leuchtend blauen Augen, seine ungewöhnliche Kleidung und seine gesetzte Art hatten etwas sehr Entwaffnendes. Nach einem Weilchen sagte Abigail: «Verstehen Sie etwas von Gartenarbeit?»

«Ja. Ich bin ein guter Gärtner. Als ich klein war, hatte mein Vater einen Schrebergarten. In dem hab ich immer mit ihm zusammengearbeitet.»

«Hier muss eine Menge getan werden.»

«Ich weiß», sagte er gelassen. «Hab mich schon umgesehen. Es wird Zeit, dass das Gemüse in den Boden kommt, und die Kletterrose vorn am Haus muss zurückgeschnitten werden …»

«Ich meine, es ist wirklich ein großer Garten. Viel Arbeit.»

«Aber er ist schön. Ein Jammer, wenn man den verkommen ließe.»

«Ja», sagte Abigail, denn sie hatte ihn bereits ins Herz geschlossen.

Noch eine kleine Pause, in der sie sich gegenseitig musterten. Er fragte: «Hab ich nun den Job?»

«Wieviel Zeit können Sie für mich erübrigen?»

«Ich könnte drei Tage die Woche kommen.»

«Drei Tage sind nicht viel in einem Garten dieser Größe.»

Er lächelte schon wieder. «Ich brauche Zeit zum Malen», sagte er höflich, aber bestimmt. «Und in drei Tagen kann ich eine Menge Arbeit schaffen.»

Abigail zögerte noch einen Augenblick. Dann entschloss sie sich impulsiv. «Gut. Abgemacht. Sie können Montagmorgen anfangen.»

«Acht Uhr. Ich bin zur Stelle.» Er schnappte sich sein Fahrrad und schwang ein Bein über den grässlichen Sattel.

«Ich weiß nicht mal Ihren Namen», sagte Abigail.

«Tammy», sagte er. «Tammy Hoadey», und schon trat er in die Pedale und fuhr die Einfahrt entlang, dass die Troddel an seiner Mütze hinter ihm herflatterte.

Als sich die Neuigkeit im Dorf herumsprach, gab es besorgte Gesichter. Tammy Hoadey war kein Einheimischer. Er kam von ‹oben aus dem Norden›, niemand wusste etwas über ihn. Er hatte sich in dem baufälligen Häuschen beim alten Steinbruch eingenistet. Seine Frau sah aus wie eine Zigeunerin. Wusste Abigail eigentlich, was sie tat?

Abigail versicherte dem Dorf, sie wüsste es genau.

Mrs. Brewer war noch entsetzter als alle zusammen. «Gar kein bisschen wie der alte Mr. Jenkins. Der Schreck fährt mir in die Knochen, wenn ich ihn mit dem Bart da arbeiten sehe. Und gestern hat er seinen Lunch neben der Sonnenuhr gegessen. Saß da seelenruhig in der Sonne und verputzte sein Sandwich.»

Dieser Bruch der Etikette war Abigail auch schon aufgefallen, aber sie hatte nichts dazu gesagt. Nur weil der alte Mr. Jenkins sich Tag für Tag in dem feuchten Werkzeugschuppen abgesondert hatte, wo er dann auf einem umgedrehten Eimer hockte, seinen Lunch aß und dazu die Sportseite der Lokalzeitung las, musste Tammy es ihm nicht nachtun. Wenn jemand im Garten arbeitete, warum sollte er dann nicht auch seine Freude daran haben? So ähnlich jedenfalls äußerte sie sich – befangen wie üblich – Mrs. Brewer gegenüber, doch die schnaubte nur und gab Ruhe, aber sie konnte Tammy nichts abgewinnen.

Zwei Monate lang ging alles gut. Die Pforte wurde repariert, der Teich mit den Wasserrosen gesäubert, der Gemüsegarten bestellt. Langsam wurde das Gras grün, und Tammy fuhr den abschüssigen Rasen mit dem Motormäher hinauf und hinunter. Er karrte Mist an, band die Klematis fest, jätete die Rabatten, versetzte einen aus der Reihe tanzenden Rhododendron.

Und die ganze Zeit pfiff er bei der Arbeit. Ganze Arien und Kantaten mit sämtlichen Trillern und Arpeggien. Passagen von Mozart und Vivaldi stiegen in die Luft und mischten sich mit dem Vogelgezwitscher. Es war, als hätte man seinen Privatflötisten.

Und dann kam er Mitte Juli zu Abigail und teilte ihr mit, er würde jetzt zwei Monate lang nicht kommen. Sie war gekränkt und ärgerlich zugleich. «Aber Tammy, Sie können doch nicht so ohne Vorankündigung gehen. Der Rasen muss gemäht und das Obst gepflückt werden, und so weiter.»

«Sie schaffen das schon», erwiderte er gelassen.

«Aber warum gehen Sie?»

«Ich will bei einer Großgärtnerei in den Kartoffeln arbeiten. Das bringt gutes Geld. Ich möchte nämlich meine ganzen Bilder rahmen lassen, und das kostet ein Vermögen. Ungerahmt nimmt sie keine Ausstellung. Und wenn ich nicht ausstelle, verkaufe ich nie was.»

«Haben Sie schon mal ausgestellt?»

«Ja, einmal, in Leeds. Zwei Bilder.» Und er setzte ohne falsche Bescheidenheit hinzu: «Beide verkauft.»

«Ich kann es einfach nicht fassen, dass Sie sich aus dem Staub machen.»

«Ich komme ja wieder», versicherte er ihr. «Im September.»

Was hätte sie schon dagegen tun können. Und so ging Tammy und ließ Abigail sitzen, die natürlich im Hochsommer keinen Ersatz für ihn fand. Nicht mal einen Gelegenheitsarbeiter trieb sie auf, der ihr über das Gröbste hinweggeholfen hätte. Nachdem sich jedoch ihre anfängliche Wut gelegt hatte, konnte sie ihre Lage verhältnismäßig gelassen abwägen, und da ging ihr auf, daß sie gar keinen anderen Gärtner haben wollte. Wer arbeitete schon härter als Tammy Hoadey, aber, was noch wichtiger war, sie mochte ihn. Es kam ihr zwar ungelegen, aber die beiden Monate würden vorübergehen. Sie würde auf seine Rückkehr warten.

Und er kam zurück. Unverändert und immer noch in seiner bizarren Kleidung, dünner vielleicht, aber genauso fröhlich. Pfeifend begann er, die ersten toten Blätter zusammenzuharken. Jetzt war das Gitarrenkonzert von Rodrigo an der Reihe. Abigail zog sich Jeans und einen roten Pullover an und kam ihm zu Hilfe. Sie machten ein Feuer, und der helle Rauch wölkte in die stille, frühherbstliche Luft. Tammy trat einen Schritt zurück und lehnte sich auf seine Harke. Über dem Feuer und durch den Rauch hindurch trafen sich ihre Blicke. Er lächelte Abigail an. Er sagte: «Rot steht Ihnen wirklich gut. Bislang habe ich Sie noch nie in Rot gesehen.»

Das machte sie verlegen, aber auch dankbar. Es war Jahre her, daß ihr jemand so ein nettes und spontanes Kompliment gemacht hatte.

«Ist doch bloß ein alter Pulli.»

«Aber eine gute Farbe.»

Das Kompliment klang in ihr nach und wärmte sie noch den ganzen nächsten Tag. An diesem Morgen ging sie ins Dorf zum Einkaufen. Neben der Drogerie hatte gerade eine kleine Boutique aufgemacht. Im Schaufenster war ein Kleid. Ein Seidenkleid, sehr schlicht, mit hübschem Gürtel und einem Rock, der zu tiefen Falten auffächerte. Das Kleid war rot. Ehe sie sich's versah, stand Abigail im Laden, probierte das Kleid an und kaufte es.

Sie erzählte Yvonne nicht, warum sie es so impulsiv gekauft hatte. «Rot?», fragte Yvonne. «Aber sonst trägst du nie Rot.»

Abigail biss sich auf die Lippe. «Findest du es zu knallig? Zu jugendlich?»

«Nein. Natürlich nicht. Ich staune nur, weil es so gar nicht zu dir passt. Aber ich freue mich auch. Ich dachte schon, du willst den Rest deines Lebens in graubraunen Sachen versauern. Ich hatte eine Tante, die ist vierundachtzig geworden und ist zu Beerdigungen immer mit einem leuchtend blauen Federhut gegangen.»

«Was hat das mit meinem Kleid zu tun?»

«Gar nichts, glaube ich.» Sie mussten beide kichern wie Schulmädchen. «Schön, dass du es gekauft hast. Ich muss direkt eine Party geben, damit du es anziehen kannst.»

Aber im Oktober verstummte das fröhliche Gepfeife auf einmal. Tammy machte seine Arbeit stumm und nicht gerade redselig. Abigail befürchtete schon, er würde kündigen, und so nahm sie sich ein Herz und fragte ihn, ob etwas los wäre. Er sagte, ja, alles. Poppy hatte ihn verlassen. Sie hatte die Kinder genommen und war zu ihrer Mutter nach Leeds gegangen.

Ein Schlag für Abigail. Sie saß auf der Kante des Gurkenfrühbeetes und sagte: «Für immer?»

«Nein, nicht für immer. Nur auf Besuch, sagt sie. Aber wir hatten Krach. Das Haus am Steinbruch steht ihr bis hier, und ich kann's ihr nicht verdenken. Sie hat Angst, dass die Kinder über die Abbruchkante fallen, und der Kleine hustet nachts. Sie sagt, das kommt von der Feuchtigkeit.»

«Was wollen Sie jetzt machen?»

Er sagte: «Nach Leeds kann ich nicht zurück. Ich halte es in der Stadt nicht mehr aus. Nicht nach alldem hier.» Seine matte Geste umschloss den Garten, den Wald, die leuchtenden Rabatten, die goldenen Eichenblätter.

«Aber sie ist Ihre Frau. Und Ihre Kinder ...»

«Sie kommt schon zurück», sagte Tammy, aber es klang nicht recht überzeugt. Abigail ging sein Kummer zu Herzen. Als er sich zu Mittag mit seinem mageren Imbiss hinsetzte, goss sie ihm ein Schüsselchen Suppe ein und trug es nach draußen, wo er zusammengesunken und niedergeschlagen neben dem Gewächshaus hockte. «Wenn sich Ihre Frau nicht um Sie kümmert, muss ich es wohl tun», sagte sie, und er lächelte dankbar und nahm die Suppe an.

Kaum zu glauben, aber Poppy und die Kinder kehrten zurück, das melodische Pfeifkonzert wurde jedoch nicht wieder aufgenommen. Abigail kam sich vor wie in einer Seifenoper im Fernsehen: *Die Tammy-Hoadey-Saga in Fortsetzungen.* Sie sagte sich, die Probleme gehen nur Tammy und Poppy etwas an, also Ehemann und Ehefrau. Es war nicht ihre, Abigails, Angelegenheit. Sie würde sich nicht einmischen.

Doch unbeteiligter Zuschauer konnte sie auch nicht bleiben. Ungefähr eine Woche später suchte Tammy sie auf und bat sie um einen Gefallen. Der Gefallen bestand darin, dass Abigail ihm ein Bild abkaufen sollte.

Sie sagte: «Aber ich habe noch nie ein Bild von Ihnen gesehen.»

«Ich hab eins mitgebracht. Auf dem Gepäckträger. Es ist gerahmt.» Sie sah ihn groß an, denn es war ihr peinlich, aber er ging und kam mit einem großen Paket zurück, das in zerknittertes Packpapier eingeschlagen und mit Bindfaden verschnürt war. Er machte die Knoten auf und hielt Abigail das Bild zur Betrachtung hin.

Sie sah den silbrigen Rahmen, die hellen Farben, die auf dem Kopf stehende Prozession eigenartiger Männchen und merkte nur, dass sie von dieser Art Kunst überhaupt nichts verstand. Es war so ganz anders als die Gemälde von Dr. Haliday, dass ihr nichts dazu einfiel. Sie wurde rot. Tammy schwieg sich aus. Am Ende rutschte es Abigail heraus: «Wieviel wollen Sie dafür haben?»

«Hundertfünfzig Pfund.»

«Einhundertfünfzig Pfund? Tammy, ich kann keine einhundertfünfzig Pfund nur für ein Bild ausgeben.»

«Haben Sie fünfzig?»

«Ja … ja …» So in die Enge getrieben, blieb ihr nichts als die grausame Wahrheit. «Aber … es ist nicht meine Art Bild. Ich meine, ich würde niemals so ein Bild kaufen.»

Er ließ sich jedoch nicht abschmettern. «Na gut, dann leihen Sie mir eben fünfzig Pfund. Nur für kurze Zeit. Und das Bild behalten Sie als Sicherheit.»

«Ich dachte, Sie haben in den Kartoffeln viel verdient?»

«Das ist alles für Rahmen draufgegangen. Und nächste Woche hat mein kleiner Junge Geburtstag, und beim Lebensmittelhändler müssen wir schon anschreiben lassen. Poppy ist mit ihrer Geduld am Ende. Sie sagt, wenn ich nicht bald Bilder verkaufe und Geld ins Haus kommt, geht sie für immer zu ihrer Mutter.» Das hörte sich verzweifelt an. «Wie schon gesagt, ich kann's ihr nicht verdenken. Ist ganz schön hart für sie.»

Abigail sah sich das Bild noch einmal an. Na ja, wenigstens leuchtende Farben. Sie nahm es Tammy ab und sagte: «Ich verwahre es für Sie. Ich passe gut darauf auf.» Damit ging sie ins Haus und nach oben in ihr Schlafzimmer und suchte ihre Tasche, aus der sie fünf neue Zehnpfundnoten holte.

‹Das›, so sagte sie sich, ‹dürfte die größte Dummheit meines Lebens sein.› Doch sie machte die Handtasche wieder zu, ging nach unten und gab Tammy das Geld.

Er sagte: «Vielen, vielen Dank.»

«Ich vertraue Ihnen», sagte Abigail. «Ich weiß, Sie enttäuschen mich nicht.»

Gegen Mittag rief Yvonne an: «Abigail, ich weiß, es ist ungehörig, dich so kurzfristig für heute Abend zum Essen einzuladen. Aber eben hat Maurice aus dem Büro angerufen, dass er einen Geschäftsfreund mit nach Haus bringt, und da dachte ich, es wäre nett, wenn du rüberkommen und uns Gesellschaft leisten würdest.»

Abigail hatte keine rechte Lust. Tammys Probleme lagen ihr im Magen, und sie war nicht in Stimmung für eine Party. So nahm sie die Einladung nicht gerade begeistert auf, aber Yvonne fand, sie stelle sich albern an und hielt mit ihrer Meinung auch nicht hinterm Berg.

«Du wirst eine richtige alte Jungfer. Wo ist deine Spontaneität geblieben? Natürlich kommst du. Es wird dir gut tun, und außerdem kannst du dein neues rotes Kleid anziehen.»

Aber Abigail zog das rote Kleid nicht an. Das sparte sie auf für ... ja, wofür? Für irgendjemanden. Für einen besonderen Anlass. Stattdessen zog sie das braune Kleid an, das Yvonne schon ein dutzend Mal gesehen hatte. Sie frisierte sich, legte Make-up auf und ging nach unten. In der Diele lag immer noch Tammys Bild in seiner schlampigen Verpackung auf der Truhe neben dem Telefon. Es hatte etwas Anrührendes an sich, wirkte wie ein Hilfeschrei. *Wenn ich nicht ausstelle, verkaufe ich nie was.* Und wenn niemand seine ungewöhnlichen Bilder sah, würde er auch nie in die Gänge kommen. Dann schoss ihr eine Idee durch den Kopf. Vielleicht hatten ja Yvonne und Maurice Interesse.

Vielleicht gefiel es ihnen so, dass sie Tammy auch ein Bild abkauften. Und sie würden es in ihr Wohnzimmer hängen, und da könnten es andere Leute sehen und sich nach ihm erkundigen.

Ein Hoffnungsschimmer. Maurice und Yvonne waren keine Kunstmäzene. Aber es war den Versuch wert. Entschlossen zog sich Abigail den Mantel an, knöpfte ihn zu, griff nach dem Paket und machte sich auf den Weg.

Maurice' Freund hieß Martin York und war ein hoch gewachsener Mann, größer als Maurice, und außerordentlich fett. Er hatte einen kahlen Kopf mit einem Kranz ergrauender Haare. Wie er Abigail beim Sherry erzählte, war er von Glasgow zu einer Sitzung gekommen und hatte schon ein Hotelzimmer in London gebucht gehabt, aber dann hatte Maurice ihn überredet, die Buchung rückgängig zu machen und bei ihm in Brookleigh zu übernachten.

«Ein reizendes Nest. Wohnen Sie hier?»

«Ja. Mit einigen Unterbrechungen mein ganzes Leben.»

Maurice schaltete sich in die Unterhaltung ein. «Sie hat das hübscheste Haus im ganzen

Ort. Und um ihren Garten kann man sie nur beneiden. Wie geht es mit dem neuen Gärtner, Abigail?»

«So neu ist er nun auch wieder nicht. Er arbeitet schon seit ein paar Monaten bei mir.» Sie erklärte Martin York die Sache mit Tammy. «... eigentlich ist er Künstler – Maler.» Jetzt oder nie. Sie musste das Thema anschneiden. «Um die Wahrheit zu sagen, ich habe eines seiner Bilder mitgebracht. Ich ... dachte, es würde euch interessieren.»

Yvonne kam aus der Küche und bekam den Rest noch gerade mit. «Wen, mich? Aber, Abigail, ich hab noch nie ein Bild gekauft.»

«Ansehen könnten wir es uns schon», fiel Maurice rasch ein. Er war ein netter Mensch und bemühte sich unablässig, die Äußerungen seiner Frau wieder gutzumachen.

«O ja, ich würde es mir auch gern anschauen ...»

Und so stellte Abigail ihr Sherryglas hin und ging in die Diele, wo sie Tammys Bild zusammen mit ihrem Mantel abgelegt hatte. Sie trug das Paket ins Wohnzimmer, löste die Bindfadenverschnürung und entfernte das Packpapier. Sie gab Maurice das Bild, und der stellte es auf einen Stuhl und trat zurück, damit er es besser betrachten konnte.

Die beiden anderen bildeten mit ihm einen Halbkreis vor dem Bild. Niemand sagte ein Wort. Abigail merkte, dass sie nervös war, so als hätte sie selber die kleinen Figuren, das leuchtende Farbenmosaik geschaffen. Ach, wenn es doch einer gut finden würde, es unbedingt haben wollte! Sie kam sich vor wie die Mutter eines innig geliebten Kindes, das gewogen und zu leicht befunden wurde.

Schließlich brach Yvonne das Schweigen. «Aber da steht ja alles auf dem Kopf.»

«Ich weiß.»

«Abigail, hast du Tammy Hoadey das wirklich abgekauft?»

«Ja», log Abigail, denn sie brachte nicht den Mut auf, ihre Abmachung mit Tammy zu verraten.

«Wieviel hat er dir dafür abgeknöpft?»

«Yvonne!», mahnte ihr Mann.

«Abigail macht das nichts, was, Abigail?»

«Fünfzig Pfund», sagte Abigail und bemühte sich um einen weltläufigen Ton.

«Für fünfzig Pfund hättest du etwas richtig Gutes bekommen können.»

«Ich halte es für richtig gut», sagte Abigail trotzig.

Eine weitere lange Pause. Martin York hatte noch immer nichts gesagt. Aber er hatte die Brille aus der Tasche geholt und sie aufgesetzt, damit er das Bild besser betrachten konnte. Als Abigail das Schweigen nicht länger aushielt, wandte sie sich an ihn.

«Gefällt es Ihnen?»

Er nahm die Brille ab. «Es ist so unschuldig und lebendig. Und die Farben gefallen mir gut. Es wirkt wie das Bild eines altklugen Kindes. Sicher werden Sie viel Freude daran haben.»

Am liebsten hätte Abigail vor Dankbarkeit geweint. «Ganz sicher», sagte sie. Und dann rettete sie das Bild vor den schnöden Blicken der anderen, schlug es wieder in das zerknitterte Papier ein.

«Wie sagten Sie doch war der Name?»

«Tammy Hoadey», antwortete Abigail. Maurice reichte die Sherrykaraffe noch einmal herum, und Yvonne fing an, über ein neues Pony zu reden. Tammy wurde nicht mehr erwähnt, und Abigail wusste, dass ihr erster zaghafter Gehversuch als Mäzenin ein Reinfall gewesen war.

Am nächsten Montag kam Tammy nicht zur Arbeit. Am Ende der Woche stellte Abigail diskrete Nachforschungen an. Niemand im Dorf hatte die Hoadeys gesehen. Sie ließ noch ein, zwei Tage verstreichen, ehe sie das Auto nahm und auf dem ausgefahrenen, mit Abfall übersäten Feldweg zum alten Steinbruch fuhr. Die trostlose Hütte lag oben am Abbruch. Aus dem Schornstein stieg kein Rauch. An den Fenstern waren die Läden zugemacht, die Tür war abgeschlossen. In dem zertrampelten Garten lag ein vergessenes Kinderspielzeug, ein Plastiktraktor, dem ein Rad fehlte. Saatkrähen flogen krächzend vorbei, und ein leichter Wind kräuselte das schwarze Wasser unten im Steinbruch.

‹Ich weiß, Sie enttäuschen mich nicht.›

Aber er war mit seiner Frau und seinen Kindern nach Leeds zurückgegangen. Um wieder zu unterrichten und seine Träume vom Künstlerruhm zu begraben. Er war weg und mit ihm Abigails fünfzig Pfund, und sie würde ihn nie wieder sehen.

Sie fuhr nach Haus, wickelte sein Bild aus und trug es ins Wohnzimmer. Sie legte es auf einen Stuhl, und dann nahm sie behutsam den schweren Ölschinken mit dem üblichen, beliebigen Hochlandtal ab, der schon ewig über dem Kamin gehangen hatte. Er hinterließ massenhaft Staub und Spinnweben. Sie holte ein Staubtuch und machte sauber; dann hängte sie Tammys Bild auf. Sie trat zurück und betrachtete es: die reinen, klaren Farben, die kleine Prozession von Figuren, welche die Ränder der Leinwand und den oberen Rand hochmarschierten wie in alten Hollywood-Musicals, in denen Leute an der Decke tanzen. Sie merkte, dass sie lächelte. Das ganze Zimmer kam ihr verändert vor, so als ob gerade ein lebenssprühender und unterhaltsamer Mensch hereinspaziert wäre. Freude. Das war das Wort, das Maurice' Freund gebraucht hatte. Tammy war fort, aber er hatte einen Teil seines einnehmenden Wesens zurückgelassen.

Mittlerweile war schon wieder ein Monat ins Land gegangen. Jetzt war es wirklich Herbst, mit kalten Winden, Regenschauern und Nachtfrösten. Nach dem Mittagessen packte sich Abigail warm ein und ging nach draußen, denn sie mußte die Rosenbeete in Ordnung bringen, die erfrorenen Blüten abknipsen, das tote Holz ausschneiden. Sie schob gerade eine Schubkarre mit Abfällen zum Komposthaufen, als sie ein Auto hörte und eine lange schnittige Limousine leise um die Biegung des Weges geschnurrt kam und neben dem Haus hielt. Die Tür ging auf, und ein Mann stieg aus. Ein hoch gewachsener Fremder mit silbrigem Haar und Brille in einem streng geschnittenen, dunklen Mantel. Er sah beinahe so vornehm aus wie sein Auto. Abigail setzte die Karre ab und ging ihm entgegen.

«Guten Tag», sagte er. «Entschuldigen Sie bitte die Störung, aber ich suche Tammy Hoadey, und im Dorf hat man mir gesagt, dass Sie mir vielleicht weiterhelfen können.»

«Nein, er ist nicht da. Er hat früher für mich gearbeitet, aber er ist fort. Nach Leeds, glaube ich. Mit seiner Frau und seinen Kindern.»

«Sie wissen auch nicht, wo ich ihn finden kann?»

«Leider nein.» Sie zog die Gartenhandschuhe aus und bemühte sich, eine verirrte Strähne unter ihr Kopftuch zu schieben. «Er hat keine Adresse hinterlassen.»

«Und er kommt auch nicht zurück?»

«Wohl kaum.»

«Oje.» Er lächelte. Es war ein betrübtes Lächeln, aber dadurch wirkte er plötzlich viel jünger und nicht mehr halb so Furcht einflößend. «Vielleicht sollte ich Ihnen das erklären. Ich heiße Geoffrey Arland ...» Er kramte in der Manteltasche und förderte aus einer Innentasche eine Karte zutage. Abigail nahm sie mit ihrer dreckigen Hand. *Geoffrey Arland Galleries* las sie und darunter eine Nobeladresse in der Bond Street. «Wie Sie sehen, ich bin Kunsthändler ...»

«Ja», sagte Abigail. «Ich weiß. Vor ungefähr vier Jahren habe ich Ihre Galerie besucht. Mit meinem Vater. Da hatten Sie eine Ausstellung viktorianischer Blumenbilder.»

«Die haben Sie gesehen? Ach, wie nett. Es war eine ganz bezaubernde Sammlung.»

«Ja, wir haben es sehr genossen.»

«Ich ...»

Doch der Wind hatte eine dunkle Regenwolke vor die Sonne geschoben, und mit einem Mal fing es an zu regnen.

«Wir sollten lieber ins Haus gehen», sagte Abigail.

Und sie ging voran, durch die Gartenpforte und gleich ins Wohnzimmer. Es wirkte nett und frisch, im Kamin brannte ein Feuer, auf dem

Klavier stand ein Dahlienstrauß, und über dem Kamin hing Tammys leuchtendes Bild.

Er war hinter ihr ins Zimmer getreten und sah es sofort. «Aha, das ist eine von Hoadeys Arbeiten.»

«Ja.» Abigail machte die Glastür zu und nahm das Kopftuch ab. «Das habe ich ihm abgekauft. Er brauchte Geld. Er lebte mit seiner Familie in einem schaurigen Haus unten am Steinbruch. Etwas anderes konnte er nicht auftreiben. Muss schlimm gewesen sein, so ein Leben von der Hand in den Mund.»

«Ist das Ihr einziges Bild?»

«Ja.»

«Das, welches Sie Martin York gezeigt haben?»

Abigail kräuselte die Stirn. «Sie kennen Martin York?»

«Ja, er ist ein guter Freund von mir.» Geoffrey Arland drehte sich um und blickte Abigail an. «Er hat mir von Tammy Hoadey erzählt, weil er dachte, ich wäre interessiert. Was er nicht wissen konnte: Ich interessiere mich für Hoadeys Arbeiten, seit ich vor einiger Zeit zwei seiner Bilder auf einer Ausstellung in Leeds gesehen habe. Aber beide waren schon verkauft, und aus unerfindlichen Gründen ist es mir nie gelungen, mit Hoadey in Verbindung zu treten. Irgendwie bekomme ich ihn nie zu fassen.»

Abigail sagte: «Er hat mir den Garten gemacht.»

«Ein schöner Garten.»

«Er war schön. Mein Vater hat ihn angelegt. Aber er ist im Frühling gestorben, und unser alter Gärtner hatte keine Lust mehr, ohne ihn weiterzumachen.»

«Wie schade.»

«Ja», antwortete Abigail.

«Dann leben Sie hier also allein?»

«Augenblicklich ja.»

Er sagte: «In der Trauerzeit tut man sich schwer mit Entscheidungen … ich meine, wenn man einen lieben Menschen verloren hat. Meine Frau ist vor ungefähr zwei Jahren gestorben, und ich habe mich erst jetzt dazu aufraffen können, endlich umzuziehen. Zugegeben, nicht sehr weit. Nur von einem Haus in St. John's Wood in eine Wohnung in Chelsea. Und dennoch war es eine gewaltige Umstellung.»

«Falls ich keinen anderen Gärtner finde, muss ich wohl auch umziehen. Hier zu bleiben und alles verkommen zu sehen, das halte ich nicht aus, und allein wächst es mir über den Kopf.»

Sie lächelten beide, sie kannten sich aus. Sie sagte: «Möchten Sie eine Tasse Kaffee?»

«Nein, ich kann nicht länger bleiben. Ich muss nach London zurück, wenn möglich noch vor der Rush-hour. Sollte er kommen, dann setzen Sie sich doch bitte mit mir in Verbindung, ja?»

«Natürlich.»

Es regnete nicht mehr. Abigail machte die Tür auf, und sie traten auf die Terrasse. Die Platten glänzten nass, die Regenwolken waren wie fortgeblasen, und der Garten lag jetzt in diesiges goldenes Sonnenlicht getaucht.

«Kommen Sie auch mal nach London?»

«Ja, manchmal. Wenn ich zum Zahnarzt muss oder was dergleichen lästige Dinge mehr sind.»

«Wenn Sie das nächste Mal zum Zahnarzt müssen, dann besuchen Sie hoffentlich auch meine Galerie.»

«Ja. Vielleicht. Und tut mir leid wegen Tammy.»

«Mir auch», sagte Geoffrey Arland.

Der November ging ins Land, dann war es Dezember. Grau und kahl lag der Garten unter dem Winterhimmel. Abigail hörte auf zu arbeiten und blieb im Haus, da sie die ersten Weihnachtskarten schreiben, an ihrem Gobelin sticken und fernsehen wollte. Zum ersten Mal seit dem Tod ihres Vaters merkte sie, was Einsamkeit war. Nächstes Jahr, so sagte sie sich, bin ich einundvierzig. Nächstes Jahr bin ich entschlussfreudig und tüchtig. Ich suche mir einen Job, lerne neue Freunde kennen, lade Leute zum Essen ein. Das konnte niemand für sie tun, außer sie selbst, und sie wusste es, aber augenblicklich fehlte ihr der Mut, auch nur ins Dorf zu gehen. Und die Energie, nach London zu fahren, die brachte sie schon gar nicht auf. Geoffrey Arlands Karte blieb, wo sie sie hingesteckt hatte, im Rahmen von Tammys Bild. Langsam verstaubte sie und rollte sich an den Ecken ein, und bald, das wusste sie, würde sie sie ins Feuer werfen.

Ihre Niedergeschlagenheit stellte sich dann als Erkältung heraus, die sie zwei schlimme Tage lang ans Bett fesselte. Am dritten Morgen wachte sie spät auf. Sie wußte, dass es spät war, weil sie unten den Staubsauger hörte, und das hieß, Mrs. Brewer hatte sich mit ihrem Wohnungsschlüssel eingelassen und sich an die Arbeit gemacht. Vor Abigails offenen Vorhängen wurde der Himmel hell und wechselte von grauem Frühlicht zu einem hellen, klaren, winterlichen Blau. Die Stunden erstreckten sich vor ihr wie ein großes Loch. Dann stellte Mrs. Brewer den Staubsauger ab, und Abigail hörte einen Vogel singen.

Einen Vogel? Sie lauschte gespannt. Das war kein Vogel. Es war jemand, der Mozart pfiff. *Eine kleine Nachtmusik*. Abigail sprang aus dem Bett, lief zum Fenster und raffte die Vorhänge mit beiden Händen. Und erblickte unten im Garten die vertraute Gestalt: die Mütze mit der roten Troddel, den langen grünen Pullover, die Stiefel. Er hatte den Spaten geschultert und wollte zum Gemüsegarten, und seine Füße hinterließen Spuren auf dem bereiften Rasen. Sie schob das Fenster hoch, was machte es schon, daß sie im Nachthemd war.

«Tammy!»

Er blieb jäh stehen und hob das Gesicht. Er grinste. Er sagte: «Hallo, da oben.»

Sie zog an, was ihr in die Hände fiel, lief nach unten und dann nach draußen. Er wartete an der Hintertür auf sie und grinste albern.

«Tammy, was tun Sie hier?»

«Ich bin zurückgekommen.»

«Alle? Poppy und die Kinder auch?»

«Nein, die sind in Leeds. Ich unterrichte wieder. Aber jetzt sind Ferien, und ich bin allein hier. Wohne wieder im Haus am Steinbruch.» Abigail sah ihn groß an. «Ich will die fünfzig Pfund abarbeiten.»

«Sie schulden mir gar nichts. Das Bild habe ich gekauft. Ich will es behalten.»

«Das freut mich, aber ich will meine Schulden trotzdem abarbeiten.» Er kratzte sich den Hals. «Sie haben wohl gedacht, ich hab's vergessen, was? Oder bin mit Ihrem Geld verduftet? Entschuldigung, daß ich mich einfach davongemacht hab, ohne Sie zu benachrichtigen. Aber der Kleine wurde immer kränker, hatte Grippe, und Poppy dachte schon, es wird eine Lungenentzündung. Sein Fieber war so hoch, dass er aus dem Haus musste; es ist ungesund. Wir sind zu Poppys Mutter gezogen. Ein Weilchen war er noch sehr krank, aber jetzt ist er überm Berg. Und dann bot sich mir der Lehrauftrag. An so was kommt man heutzutage nur schwer ran, also dachte ich, die Chance darf ich mir nicht entgehen lassen.»

«Sie hätten mir schreiben können.»

«Ich bin kein großer Briefeschreiber, und die öffentliche Telefonzelle ist andauernd kaputt. Aber ich hab Poppy gesagt, dass ich in diesen Ferien nach Brookleigh fahre.»

«Aber was ist mit Ihrer Malerei?»

«Die hab ich abgeschrieben …»

«Aber …»

«Die Kinder kommen zuerst. Poppy und die Kinder. Ich hab's endlich eingesehen.»

«Aber, Tammy …»

Er sagte: «Ihr Telefon klingelt.»

Abigail lauschte. Ja, es klingelte. Sie sagte: «Mrs. Brewer nimmt sicher ab.» Aber es klingelte hartnäckig weiter, und so ließ sie Tammy stehen und ging ins Haus.

«Hallo?»

«Miss Haliday?»

«Ja.»

«Geoffrey Arland …»

Geoffrey Arland. Abigail fiel die Kinnlade herunter, nein, was für ein außergewöhnlicher Zufall aber auch! Da er natürlich nicht wissen konnte, daß ihr vor Staunen der Mund offen stand, fuhr er fort: «Tut mir Leid, wenn ich Sie schon so früh am Morgen störe, aber ich habe heute noch viel zu tun und dachte, jetzt bekomme ich Sie eher zu fassen als später. Könnte ich Sie vor den Festtagen wohl noch nach London locken? Wir bauen eine Ausstellung auf, die ich ganz besonders gern Ihnen zeigen möchte. Und da dachte ich, vielleicht könnten wir auch zusammen Mittag essen? Mir ist fast jeder Tag recht …»

Endlich fand Abigail die Stimme wieder. Sie sagte: «Tammy ist wieder da.»

Geoffrey Arland, in dessen Redefluss sie hineinplatzte, schluckte natürlich. «Wie bitte?»

«Tammy ist wieder da. Tammy Hoadey. Der Künstler, den Sie hier gesucht haben.»

«Er ist wieder bei Ihnen?», Geoffrey Arlands Stimme klang auf einmal ganz anders, sachlich und geschäftsmäßig.

«Ja. Ausgerechnet heute Morgen ist er aufgetaucht.»

«Haben Sie ihm erzählt, daß ich in Brookleigh gewesen bin?»

«Dazu war noch keine Zeit.»

«Ich möchte ihn sehen.»

«Ich bringe ihn mit nach London», sagte Abigail. «Ich fahre ihn im Auto hin.»

«Wann?»

«Morgen, wenn's Ihnen recht ist.»

«Hat er Arbeiten da, die er mir zeigen kann?»

«Ich frage ihn.»

«Bringen Sie alles, was er hat. Und wenn er nichts in Brookleigh hat, dann bringen Sie ihn allein mit.»

«Wird gemacht.»

«Ich erwarte Sie dann morgens. Kommen Sie direkt in die Galerie. Wir müssen einiges mit ihm bereden, und danach lade ich Sie beide zum Mittagessen ein.»

«Wir dürften so gegen elf bei Ihnen sein.»

Einen Augenblick lang schwiegen sie beide. Dann sagte Geoffrey Arland: «Was für ein Wunder!», und auf einmal hörte er sich gar nicht mehr geschäftsmäßig an, sondern froh und dankbar.

«Es gibt noch welche.» Abigail lächelte über beide Backen, und ihr Gesicht fühlte sich dabei ganz fremd an. «Ich freue mich so, dass Sie angerufen haben.»

«Ich freue mich auch. Aus vielerlei Gründen.»

Er legte auf, und nach einem Weilchen legte auch Abigail auf. Sie stand neben dem Telefon und drückte die Arme fest an die Brust. Nichts hatte sich verändert, und doch war alles anders. Oben trabte Mrs. Brewer immer noch hinter dem Staubsauger her, aber morgen würden Abigail und Tammy nach London fahren und Geoffrey Arland aufsuchen, ihm Tammys Bilder vorführen und zum Mittagessen ausgeführt werden. Abigail würde ihr rotes Kleid anziehen. Und Tammy? Was würde Tammy anziehen?

Er wartete immer noch an der Stelle auf sie, wo sie ihn hatte stehen lassen, als das Telefon klingelte. Er lehnte auf seinem Spaten, stopfte sich die Pfeife und wartete auf ihre Rückkehr. Als sie auftauchte, blickte er auf und sagte: «Ich dachte, ich fange mit Graben an ...»

Fast wäre ihr herausgerutscht: ‹Ach, scheiß auf den Garten.› «Tammy, haben Sie Ihre Bilder mitgenommen, als Sie zurück nach Leeds gegangen sind?»

«Nein, die hab ich hier gelassen. Sie sind noch im Haus am Steinbruch.»

«Wie viele?»

«Ein gutes Dutzend.»

«Und ich muss Sie noch etwas fragen. Haben Sie – haben Sie einen guten Anzug?»

Er sah sie an, als ob sie nicht ganz bei Trost wäre. Dann sagte er: «Ja. Hat meinem Vater gehört. Den ziehe ich auf Beerdigungen an.»

«Toll», sagte Abigail. «Und nun hören Sie die nächsten zehn Minuten mal gut zu, ich habe Ihnen nämlich unheimlich viel zu erzählen.»

Hoffentlich kündigt Miss Haliday Tammy Hoadey, dachte Mrs. Brewer. Sie hatte ihn auf dem Feldweg mit dem Fahrrad kommen sehen, seelenruhig, ohne Vorwarnung oder Erklärung. ‹Unverschämter Kerl›, dachte sie, ‹taucht mir nichts, dir nichts auf, als ob er nie weg gewesen wäre.›

Jetzt stand sie am Ausguss und füllte den Wasserkessel für ihre morgendliche Tasse Tee und beobachtete die beiden: Miss Haliday redete wie ein Wasserfall (was sie sonst nie tat), und Tammy stand da wie ein Idiot. ‹Jetzt kriegt er endlich sein Fett ab›, dachte Mrs. Brewer und freute sich. ‹War schon lange fällig, schon seit Monaten. Das kann er sich hinter den Spiegel stecken.›

Aber sie täuschte sich. Denn als Miss Haliday aufhörte zu reden, passierte gar nichts. Sie und Tammy standen ganz still da und starrten sich an. Und dann ließ Tammy Hoadey den Spaten fallen, warf seine Pfeife in die Luft, breitete die Arme aus und umarmte Miss Haliday, dass fast nichts mehr von ihr zu sehen war. Und Miss Haliday gebot dem dreisten Treiben keinen Einhalt, nein, sie warf Tammy die Arme um den Hals und drückte ihn direkt vor Mrs. Brewers Nase, und er hob sie hoch und schwenkte sie durch die Luft, so unbeschwert und unbeholfen, als wäre sie ein junges Mädchen.

«Was kommt nun noch?», fragte sich Mrs. Brewer, während sich der Kessel mit Wasser füllte und im Ausguss unbeachtet überlief. «Was kommt nun noch?»

Ein Mädchen, das ich früher kannte

Die Seilbahn war um zehn Uhr morgens so gerammelt voll wie ein Londoner Bus zur Rushhour. Knirschend und leicht schwankend stieg sie stetig hinauf in die klare, blendend helle Luft, hoch über Schneefelder und die im Tal verstreut liegenden Chalets. Hinter ihnen versank das Dorf – mit seinen Häusern, Läden und Hotels, die sich um die Hauptstraße drängten. Tief unten erstreckten sich große, glitzernde Schneeflächen mit blauen Schatten unter einem Kiefernwäldchen hier und da. Vor und über ihnen – Jeannie wurde allein schon bei dem Gedanken schwindlig – dräute der ferne Gipfel, stach wie eine Eisnadel in den tiefblauen Himmel.

Der Gipfel. Der Kreisler. Gleich darunter duckten sich die Holzgebäude der oberen Seilbahnstation und der Restaurantkomplex. Die Fassade war ein einziges Riesenfenster, das im Sonnenschein Signale aussandte, und darüber flatterten die Fahnen vieler Nationen. Beide, Seilbahnstation und Restaurant, hatten vom Dorf aus so fern gewirkt wie der Mond, aber jetzt kamen sie mit jedem Augenblick näher.

Jeannie schluckte schwer. Ihr Mund fühlte sich trocken an, ihr Magen hatte sich vor Angst verkrampft. Sie drückte sich in die Ecke der Kabine, drehte den Kopf und suchte Alistair, doch er und Anne und Colin waren in dem Gedrängel beim Einsteigen von ihr getrennt worden und standen ganz auf der anderen Seite. Er war leicht auszumachen, weil er so groß und weil sein Profil so gut geschnitten war. Sie beschwor ihn innerlich, sich umzudrehen und ihren Blick aufzufangen, ihr mit einem Lächeln Mut zu machen, aber er konzentrierte sich ganz auf den Berg, auf die morgendliche Abfahrt vom Kreisler zurück ins Dorf.

Als sie gestern Abend zu viert in der Hotelbar gesessen hatten, da hatte sie gesagt: «Ich komme nicht mit.»

«Aber natürlich kommst du mit. Du bist doch im Urlaub, damit wir alle zusammen Ski laufen. Es macht keinen Spaß, wenn du die ganze Zeit auf dem Idiotenhügel herumpurzelst.»

«Ich bin nicht gut genug.»

«Die Abfahrt ist nicht schwierig. Nur lang. Wir richten uns nach dir.»

Das machte es noch schlimmer. «Ich halte euch bloß auf.»

«Stell dein Licht nicht unter den Scheffel.»

«Ich will aber nicht mitkommen.»

«Du hast Angst, ja?» hatte Alistair gefragt.

Oh, wie wahr. Laut sagte sie: «Nicht richtig. Ich habe nur Angst, dass ich euch den Spaß verderbe.»

«Tust du schon nicht.» Er hörte sich dessen wunderbar sicher an, genauso sicher, wie er seiner selbst war. Er schien keine physische Angst zu kennen und war nicht imstande, sie bei anderen zu sehen.

«Aber ...»

«Keine Widerrede. Schluss damit. Komm, wir tanzen.»

Und jetzt stand sie in die Ecke der Seilbahnkabine gequetscht und merkte, dass er sie ganz vergessen hatte. Sie seufzte, drehte sich um und sah wieder aus dem Fenster, sah die leere, die unmögliche, die Schwindel erregende Höhe. Weit, weit unten waren bereits Skiläufer auf den Pisten, winzige, ameisengleiche Wesen, die Spuren in den jungfräulichen Schnee zogen. Es sah so leicht aus. Aber das war ja das Schlimme, dass es so leicht aussah. Für Jeannie war es nämlich unwahrscheinlich schwer.

«Weich in den Knien», hatte der Skilehrer gesagt. «Gewicht auf den Außenski.»

Sie waren da. Eben noch schwebten sie in der klaren Luft und dem strahlenden Sonnenschein, schon ratterten sie in die schattige Düsternis der Bergstation. Sie hielten mit einem Ruck. Die Türen gingen auf, alles strömte nach draußen. Hier oben war es um einige Grad kälter.

Jeannie stieg als Letzte aus, und als sie es endlich geschafft hatte, waren die Ersten schon unterwegs den Berg hinunter, denn sie wollten keine einzige Minute des Morgens vertun, nicht einmal fünf Minuten mochten sie in der Wärme des Restaurants bei einem Becher heißer Schokolade oder einem dampfenden Glas Glühwein verbringen.

«Komm schon, Jeannie.»

Alistair, Colin und Anne hatten bereits die Skier angeschnallt, die Sonnenbrillen aufgesetzt, und alle drei brannten darauf loszufahren. Jeannies Füße in den schweren Stiefeln fühlten sich an wie Blei, und sie rutschte und stolperte darin über den Schnee. Die Kälte biss ihr in die Wangen und stach ihr wie mit Eisnadeln in die Lungen.

«Na, komm schon, ich helfe dir.»

Irgendwie stand sie dann neben Alistair und ließ ihre Skier fallen. Er bückte sich und war ihr behilflich, ließ ihre Bindung einschnappen. Sie kam sich mit den schweren Skiern an den Füßen noch ungeschickter und so hilflos vor.

«Geht's?»

Sie brachte kein Wort heraus. Colin und Anne faßten ihr Schweigen als Zustimmung auf, winkten ihr mit den Skistöcken zu und waren weg. Sie stießen sich geschmeidig ab, sausten über den Rand des Abhangs und verschwanden in der glitzernden Unendlichkeit des dahinter liegenden Raums.

«Fahr einfach hinter mir her», sagte Alistair. «Es geht schon.» Und dann war er auch fort.

‹Fahr einfach hinter mir her.› Typisch Alistair. Sie wäre ihm überallhin gefolgt, aber das hier schaffte sie nicht. Sie konnte nur stehen bleiben und zittern. Nicht einmal in ihren schlimmsten Träumen hatte sie sich ein solches Grauen vorstellen können. Und dann ließ die Panik nach, und ihr Entschluss stand unerschütterlich fest.

Sie würde den Kreisler nicht hinunterfahren. Sie würde die Skier abschnallen, ins Restaurant gehen, sich einen Platz suchen, sich aufwärmen und etwas Warmes trinken. Dann würde sie in die Seilbahn steigen und auf diesem Weg allein ins Dorf zurückkehren. Alistair würde außer sich sein, aber das würde sie hinnehmen müssen. Bei den anderen war sie damit untendurch, aber das machte nun auch nichts mehr. Es war aussichtslos. Sie war eine Niete. Sie konnte nicht Ski fahren und würde es auch nie können. Bei der ersten sich bietenden Gelegenheit würde sie nach Zürich fahren, sich ins Flugzeug setzen und nach Haus fliegen.

Jetzt, da sie sich ihrem Problem gestellt hatte, war alles ganz leicht. Sie schnallte die Skier ab, trug sie zum Restaurant und stieß sie zusammen mit den Skistöcken in den Schnee. Sie ging die Holzstufen hoch und trat durch die schwere Glastür. Hier war es warm; es roch nach Kiefer und Holzrauch, Zigarren und Kaffee.

Sie holte sich eine Tasse Kaffee, trug sie zu einem leeren Tisch und setzte sich. Der Kaffee dampfte, duftete tröstlich. Sie nahm die Wollmütze ab, schüttelte das Haar und kam sich vor, als hätte sie eine scheußliche Verkleidung abgelegt und wäre wieder sie selbst. Sie legte die Hände um den herrlich warmen Becher und beschloss, sich nur auf diesen Augenblick unendlicher Erleichterung zu konzentrieren und keinen einzigen Gedanken auf die Zukunft zu verschwenden. Vor allem aber wollte sie nicht an Alistair denken. Sie wollte nicht daran denken, daß sie ihn verlieren könnte …

«Erwarten Sie jemand?»

Die Frage kam aus heiterem Himmel. Erschrocken blickte Jeannie auf und sah, dass ein Mann gegenüber am Tisch stand; dann merkte sie, dass er sie meinte.

«Nein.»

«Haben Sie etwas dagegen, wenn ich mich zu Ihnen setze?»

Sie war erstaunt, bemühte sich aber, ihr Erstaunen zu verbergen. «Nein … natürlich nicht …» Selbstverständlich wollte er sie nicht anmachen, er war nämlich nicht mehr der Jüngste, offensichtlich Engländer und wirkte ungemein wohlerzogen. Was sein jähes Auftauchen noch unbegreiflicher machte.

Auch er hatte eine Tasse Kaffee in der Hand. Er stellte sie auf den Tisch, zog sich einen Stuhl heran und setzte sich. Sie sah seine leuchtend blauen Augen, sein schütteres graues Haar. Er hatte einen marineblauen Anorak und darunter einen dunkelroten Pullover an. Sein Gesicht war tief gebräunt mit einem Netz von Fältchen, und er sah so wettergegerbt aus wie jemand, der den größten Teil seines Lebens an der frischen Luft zugebracht hat.

Er sagte: «Was für ein schöner Morgen.»

«Ja.»

«Um zwei Uhr in der Frühe hat es Neuschnee gegeben. Ganz schön viel. Haben Sie das gewusst?»

Sie schüttelte den Kopf. «Nein, das wusste ich nicht.»

Er musterte sie mit unverwandtem Blick. Er sagte: «Ich habe an dem Tisch beim Fenster gesessen. Und habe alles mitbekommen.»

Jeannie wurde bang ums Herz. «Ich – ich verstehe nicht ...» Selbstverständlich verstand sie nur zu gut.

«Ihre Freunde sind ohne Sie losgefahren.»

Bei ihm klang das wie ein Vorwurf, und Jeannie sprang sofort auf die Barrikaden.

«Das war keine Absicht. Sie haben gedacht, ich fahre hinterher.»

«Und warum sind Sie das nicht?»

Eine ganze Reihe guter Ausreden schoss ihr durch den Kopf. ‹Ich fahre lieber allein.› – ‹Ich brauchte eine Tasse Kaffee.› – ‹Ich warte, dass sie wieder mit der Seilbahn hochkommen, dann fahren wir zusammen rechtzeitig zum Mittagessen hinunter.›

Aber diese blauen Augen konnte man nicht anlügen. Sie sagte: «Ich habe Angst.»

«Wovor?»

«Vor der Höhe. Vor dem Skilaufen. Dass ich mich blamiere. Dass ich ihnen den Spaß verderbe.»

«Sind Sie noch nie Ski gelaufen?»

«Nein, vor diesem Urlaub noch nie. Wir sind seit einer Woche hier, und die ganze Zeit bin ich mit dem Skilehrer auf dem Idiotenhügel gewesen und habe versucht, hinter den Dreh zu kommen.»

«Und sind Sie das?»

«Ein bisschen. Aber ich habe wohl keine gute Koordination oder so. Oder bin schlicht ein Hasenfuß. Ich meine, ich komme den Hang runter und kann die Wende und anhalten und das alles, aber ich warte jeden Augenblick darauf, daß ich lang hinschlage, und dann werde ich ängstlich und verkrampfe mich und stürze natürlich. Ein Teufelskreis. Und Höhenangst habe ich auch. Die Fahrt mit der Seilbahn war schon schlimm genug.»

Darauf erwiderte er nichts. «Und Ihre Freunde sind wohl recht gut?»

«Ja, sie laufen schon lange Zeit zusammen Ski. Alistair ist als Junge mit seinen Eltern immer hierher gekommen. Er mag dieses Dorf sehr, und er kennt alle Abfahrten wie seine Westentasche.»

«Ist Alistair Ihr Freund?»

Verlegen sagte sie: «Ja.»

Er lächelte, und auf einmal fiel ihr das Reden ganz leicht. So leicht, wie man sich einem zufälligen Reisegefährten im Zug anvertraut, weil man weiß, dass man ausgerechnet diesen Menschen nie wieder sieht. «Komisch, uns verbindet so viel, wir kommen gut miteinander aus, wir lachen über die gleichen Dinge ... und nun das. Ich habe immer gewusst, dass ich Ski fahren muss, wenn ich bei ihm sein, sein Leben teilen will, denn Skifahren bedeutet ihm unendlich viel. Und ich habe immer Angst davor gehabt, weil es, wie schon gesagt, niemand auf der ganzen Welt gibt, der eine so schlechte Koordination hat wie ich. Aber ich habe mir eingebildet, Ski laufen wäre anders und ich könnte es lernen. Als Alistair dann vorgeschlagen hat, wir sollten alle hierher fahren, da habe ich die Gelegenheit beim Schopf ergriffen, wollte beweisen, dass ich es lernen kann. Aber jetzt weiß ich, es geht nicht.»

«Weiß Alistair, was in Ihnen vorgeht?»

«Er will es einfach nicht wahrhaben. Und er soll nicht denken, daß ich keinen Spaß habe.»

«Und den haben Sie nicht?»

«Nein. Es ist grässlich. Sogar die lustigen Abende, alles ist mir verleidet, weil ich die ganze Zeit daran denke, wozu ich mich am nächsten Tag zwingen muss.»

«Wenn Sie die Tasse Kaffee ausgetrunken haben, wie wollen Sie dann ins Dorf zurückkommen?»

«Mit der Seilbahn doch wohl.»

«Aha.» Er überlegte ein Weilchen, dann sagte er: «Lassen Sie uns noch eine Tasse Kaffee trinken und darüber sprechen.»

Jeannie konnte sich nicht vorstellen, was es

da überhaupt zu besprechen gab, doch der Gedanke an eine weitere Tasse Kaffee war tröstlich, und so sagte sie: «Na schön.»

Er nahm ihre Tassen, ging zur Theke und kam mit zwei dampfenden, frisch eingeschenkten zurück. Als er sich setzte, sagte er: «Sie erinnern mich nämlich ungemein an ein Mädchen, das ich früher kannte. Sie sah Ihnen sehr ähnlich, und Ihre Stimme hatte sie auch. Und sie hatte genauso viel Angst wie Sie.»

«Wie ist es mit ihr gelaufen?» Jeannie rührte ihren Kaffee um und bemühte sich, das Ganze witzig zu nehmen. «Ist sie auch mit der Seilbahn nach unten und dann in Schimpf und Schande nach Haus gefahren, denn genauso wird es bei mir laufen.»

«Nein, das hat sie nicht getan. Sie hat jemand gefunden, der Verständnis hatte und der bereit war, ihr ein wenig zu helfen und Mut zu machen.»

«Ich brauche mehr als das. Ich brauche ein Wunder.»

«Unterschätzen Sie sich nicht.»

«Ich bin ein Feigling.»

«Dessen braucht man sich nicht zu schämen.

Wer Dinge tut, vor denen er keine Angst hat, ist nicht tapfer. Sich einer Sache zu stellen, bei der einem das Herz in die Hose rutscht, das ist tapfer.»

Als er das sagte, ging die Restauranttür auf, ein Mann trat ein, sah sich um und kam dann quer durch den Raum zu ihnen herüber. Am Tisch blieb er stehen und zog ehrerbietig die Wollmütze.

«Herr Commander Manleigh?»

«Hans! Was kann ich für Sie tun?»

Der Mann sprach deutsch, und Jeannies Tischgenosse antwortete in der gleichen Sprache. Sie unterhielten sich einen Augenblick und konnten das Problem, oder was immer es war, anscheinend klären. Der Mann verbeugte sich vor Jeannie, verabschiedete sich und ging.

«Was wollte er?»

«Das ist Hans von der Seilbahnstation. Ihr junger Mann hat vom Dorf hoch telefoniert, er wollte wissen, was passiert ist. Er dachte, vielleicht sind Sie gestürzt. Hans hat Sie hier gesucht – er hat Sie nach der Beschreibung Ihres Freundes erkannt.»

«Was haben Sie gesagt?»

«Ich habe ihm ausrichten lassen, er soll sich

keine Sorgen machen. Wir nehmen uns Zeit mit der Abfahrt.»

«Wir?»

«Sie und ich. Aber nicht mit der Seilbahn. Wir machen die Kreisler-Abfahrt zusammen.»

«Ich kann nicht.»

Er widersprach ihr nicht. Stattdessen fragte er nach einer nachdenklichen Pause: «Lieben Sie diesen jungen Mann?»

Darüber hatte sie eigentlich noch nie richtig nachgedacht. Jedenfalls nicht ernsthaft. Aber als er sie auf einmal mit dieser Frage konfrontierte, da kannte sie die Wahrheit. «Ja», sagte sie.

«Wollen Sie ihn verlieren?»

«Nein.»

«Dann kommen Sie mit. Jetzt. Auf der Stelle. Ehe einer von uns beiden es sich anders überlegt.»

Draußen war es noch genauso kalt, aber die Sonne stand inzwischen höher, und die Eiszapfen am Balkon des Restaurants und über dem Eingang zur Bergstation fingen an zu tauen und zu tropfen.

Jeannie zog sich Mütze und Handschuhe an, holte sich ihre Skier, machte die Bindung zu und nahm in jede Hand einen Skistock. Ihr neuer Freund war vor ihr fertig und wartete, und zusammen zogen sie über den festgestampften, ausgefahrenen Schnee zum Rand des Abhangs, von wo sich die Piste wie ein Silberband über die Schneefelder vor ihnen schlängelte. Tief unten im Tal lag das Dorf, das durch die Entfernung auf Spielzeuggröße geschrumpft war, dahinter ragten weitere Berge, ganze Bergketten glänzten und glitzerten wie Glas.

Zum ersten Mal fand sie die Berge schön und sagte das auch.

«Genießen Sie die Schönheit. Das gehört zu den Freuden des Skifahrens. Man sollte sich Zeit nehmen, anhalten und schauen. Und heute ist ein zauberhafter Tag. Also. Sind Sie bereit?»

«So bereit, wie es mir überhaupt möglich ist.»

«Dann geht's also los?»

«Darf ich Sie vorher noch etwas fragen?»

«Ja, und?»

«Das Mädchen, von dem Sie mir erzählt haben – die, die so bange war wie ich. Was ist aus ihr geworden?»

Er lächelte. «Ich habe sie geheiratet», sagte er, und dann war er fort, fuhr geschmeidig und elegant den Hang hinunter, überquerte eine

Bodenwelle und schwang in die andere Richtung.

Jeannie holte tief Luft, biss die Zähne zusammen, stieß sich mit den Skistöcken ab und fuhr hinter ihm her.

Anfangs war sie so steif und unbeholfen wie üblich, doch ihr Zutrauen wuchs von Minute zu Minute. Drei Schwünge, und sie war noch nicht gestürzt. Das Blut rann ihr schneller durch die Adern, ihr Körper wurde warm, sie konnte richtig spüren, wie ihre Muskeln immer lockerer wurden. Die Sonne brannte auf ihrem Gesicht, und ein kalter, sauberer Wind, perlend und frisch wie gekühlter Wein, brauste ihr entgegen. Mit einem leisen Zischen glitten ihre Skier über den Schnee, schneller, immer schneller, und die Stahlkanten kratzten über Eis, wenn sie eine besonders heikle Kurve nahm.

Er blieb immer in ihrer Nähe. Ein ums andere Mal hielt er an und wartete auf sie, bis sie wieder Luft bekam. Manchmal musste er ihr die vor ihnen liegende Piste etwas erklären. «Die Spur durch den Wald ist schmal», sagte er. «Lassen Sie Ihre Skier in der Spur laufen, die von den anderen Skiläufern gemacht ist, dann passiert Ihnen nichts.» Oder: «Hier läuft die Piste um den Berg herum, ist aber weniger gefährlich, als es aussieht.» Er gab ihr das Gefühl, dass nichts zu schwierig oder zu Furcht erregend war, solange er vor ihr fuhr. Als sie tiefer ins Tal kamen, veränderte sich das Gelände. Brücken mussten überquert werden, und sie schossen durch geöffnete Viehgatter.

Und dann waren sie, ehe sie sich's versah, auf vertrautem Gelände, oben auf dem Idiotenhügel, und das Ende war, verglichen mit der ganzen Abfahrt, nur noch ein Kinderspiel. Jeannie kam den Hang, auf dem sie sich geschlagene sieben Tage abgemüht hatte, schwungvoll und schnell und mit dem erhebenden Gefühl herunter, dass sie wirklich etwas geleistet hatte. So hatte sie sich noch nie im Leben gefühlt. Sie hatte es geschafft. Sie war den Kreisler heruntergekommen.

Der Hang lief an der Skischule und dem kleinen Café aus, wo sie sich jeden Tag mit einem Becher heißer Schokolade getröstet hatte. Hier wartete der Fremde auf sie, ungezwungen und mit einem Lächeln, er freute sich genauso wie sie, doch ihre Freude amüsierte ihn offensichtlich.

Sie hielt neben ihm, schob die Sonnenbrille hoch und lachte ihn an. «Ich dachte, es würde ganz grässlich, und dabei war es himmlisch.»

«Sie haben es sehr gut gemacht.»

«Ich bin nicht einmal gestürzt. Nicht zu fassen.»

«Sie sind nur gestürzt, weil Sie ängstlich waren. Aus diesem Grund werden Sie nie wieder stürzen.»

«Wie soll ich Ihnen nur danken?»

«Sie müssen mir nicht danken. Es war mir ein Vergnügen. Und wenn mich nicht alles täuscht, kommt da Ihr junger Mann und will Sie holen.»

Jeannie drehte sich um und sah, dass es tatsächlich Alistair war, der aus dem Café trat, die Holzstufen herunterlief und quer über den Schnee auf sie zukam. Er wirkte, als wären ihm Steine von der Seele gefallen, und sein Lächeln war ihr Glückwunsch genug.

«Du hast's geschafft, Jeannie. Gut gemacht, mein Schatz!» Er nahm sie in die Arme, dass sie fast darin verschwand. «Ich habe dich das letzte Stück vom Idiotenhügel runterkommen sehen, du warst wirklich gut.»

Und dann trafen sich seine Augen über ihren

Kopf hinweg mit denen des Mannes, der ihr zu Hilfe gekommen war. Jeannie blickte auf und sah jetzt einen anderen Ausdruck über sein hübsches Gesicht huschen – die gleiche Achtung und Ehrerbietung, die sie schon bei dem Mann von der Seilbahn gesehen hatte, als dieser ihnen Alistairs Botschaft überbracht hatte.

«Commander Manleigh.» Wenn er einen Hut aufgehabt hätte, er hätte ihn sicher gezogen. «Sie waren das also. Ich wusste ja gar nicht, dass Sie auch oben waren.» Die beiden Männer schüttelten sich die Hand. «Wie geht es Ihnen?»

«Gut, da ich die Bekanntschaft Ihrer reizenden jungen Freundin machen durfte. Entschuldigung, aber ich weiß nicht, wie Sie heißen.»

«Alistair Hansen. Als Junge habe ich Ihnen beim Skifahren zugesehen. Überall an meinen Zimmerwänden hatte ich große Fotos von Ihnen.»

«War nett, Sie kennen zu lernen.»

«Und nett von Ihnen, daß Sie mit Jeannie heruntergekommen sind.»

«Hans von der Bergstation hat uns Ihre Nachricht ausgerichtet.»

«Ich war schon halb die Piste runter, ehe ich

gemerkt habe, dass sie nicht nachkam, und da war es zur Umkehr schon zu spät.»

«Ich habe sie im Restaurant getroffen. Ihr war ein bisschen kalt, sie wollte sich etwas Heißes holen. Wir sind ins Gespräch gekommen.»

«Ich hatte schon Angst, sie wäre gestürzt.»

Commander Manleigh bückte sich, löste die Bindung und trat aus seinen Skiern. Er richtete sich wieder auf und schulterte sie. Er lächelte. «Wenn Sie ihr ein wenig Mut machen, junger Mann, dann wird sie Sie nicht enttäuschen. Jetzt muss ich aber gehen. Auf Wiedersehen, Jeannie, und Ski heil.»

«Auf Wiedersehen, und nochmals vielen Dank, dass Sie mir so nett geholfen haben.»

Er schlug Alistair auf die Schulter. «Geben Sie gut auf sie Acht», sagte er, drehte sich um und ging, ein hoch gewachsener, grauhaariger Mann, ganz allein.

Jeannie nahm ihre Skier ab. «Wer ist das?», wollte sie wissen.

«Bill Manleigh. Komm, wir wollen was trinken.»

«Aber wer ist Bill Manleigh?»

«Nicht zu fassen, du hast noch nie von ihm

gehört? Er ist einer unserer besten Skifahrer. Als er zu alt war, um noch Rennen zu fahren, ist er Trainer der Olympia-Mannschaft geworden. Merkst du was, Schatz? Du bist den Kreisler mit einem Champion runtergefahren.»

«Das habe ich nicht gewusst. Ich weiß nur, daß er furchtbar nett ist. Und, Alistair, damit du's weißt, mir war gar nicht kalt, als ich ins Restaurant gegangen bin. Ich habe es einfach nicht gebracht, hinter dir herzufahren.»

«Warum hast du mir das nicht gesagt?»

«Wie denn? Ich habe nur völlig verängstigt dagestanden, und dann wusste ich, ich habe nicht den Schneid für die Abfahrt. Und ich habe Kaffee getrunken, als er gekommen ist und mich angesprochen hat. Und von sich hat er überhaupt nichts erzählt, gar nichts.» Sie überlegte kurz. «Außer daß er verheiratet war.»

Alistair schulterte ihre Skier und nahm ihre Hand in seine. Zusammen gingen sie zu dem kleinen Café.

«Ja, das war er», sagte er. «Mit einem bezaubernden Mädchen. Ich habe sie zusammen Ski fahren sehen und fand, sie waren das schönste Paar weit und breit. Sie mochten sich so gern und lachten immer zusammen, so als brauchten sie niemand, nur sich selbst.»

«Du redest, als ob das alles Vergangenheit ist.»

«Ist es auch.»

Sie hatten jetzt das Holzhaus erreicht, und Alistair blieb stehen, um ihre Skier in den Schnee zu stoßen. «Sie ist letzten Sommer gestorben. Ertrunken. Ich habe es in der Zeitung gelesen. Sie waren mit Freunden auf einem Segeltörn in Griechenland, und sie hat einen furchtbaren Unfall gehabt. Er war ganz gebrochen und ist ohne sie sicher sehr einsam.»

Jeannie blickte die Straße entlang, blickte hinter ihm her, aber die muntere Menge der Feriengäste hatte ihn bereits verschluckt, er war weg. ‹Wie einsam er sein muss.› Einen Augenblick lang dachte sie, grässlich, gleich muss ich weinen. Ein Kloß saß ihr in der Kehle, und ihre Augen füllten sich mit Tränen. Wie albern.

Solch ein netter Mann. Sie würde ihn wohl nie wieder sehen, und dabei schuldete sie ihm unendlich viel. Sie würde ihn nie vergessen.

«Aber», sagte Alistair, «darüber hat er sicher nicht gesprochen.»

‹Sie erinnern mich nämlich ungemein an ein Mädchen, das ich früher kannte.›

Als sie mit Alistair händchenhaltend die Holzstufen zur Cafétür hochging, merkte sie, dass sie doch nicht weinen musste.

«Nein», sagte sie. «Nein, darüber hat er nicht gesprochen.»

Die Wasserscheide

Schaffen Sie es, Mrs. Harley?»

«Ja, selbstverständlich.» Edwina hängte sich die Tasche über einen Arm, den überquellenden Korb über den anderen und wuchtete mit einiger Mühe den voll beladenen Karton mit den Lebensmitteln vom Tresen. Die Tüte mit den Tomaten zuoberst kam gefährlich ins Rutschen, aber die hielt sie mit dem Kinn fest. «Wenn Sie mir nur die Tür aufmachen würden.»

«Sie haben das Auto da, ja?»

«Ja, direkt vor der Tür.»

«Wiedersehen, Mrs. Harley.»

«Auf Wiedersehen.»

Sie trat aus der Tür des Dorfladens hinaus in

die frostige Februarsonne, überquerte mit ein paar Schritten den kopfsteingepflasterten Bürgersteig, lud den Karton auf der Motorhaube ab, stellte den Korb neben das Auto, warf ihre Handtasche durchs offene Fenster und ging nach hinten, um den Kofferraum aufzumachen.

Es war Freitag und somit Einkaufstag, und der Kofferraum war bereits halb voll. Ein großes Paket vom Schlachter; Henrys Schuhe, die sie vom Schuster geholt hatte; saubere Laken aus der Wäscherei und die Gartenschere, die der hiesige Schmied frisch geschliffen und geölt hatte. Sie hievte den Karton mit den Lebensmitteln und den Korb in den Kofferraum, stellte fest, dass er sich nicht schließen ließ, schob die Einkäufe etwas hin und her, bis er schließlich zuging.

Fertig. Geschafft. Es gab keinen Grund, nicht gleich nach Haus zu fahren. Und doch zögerte sie, blieb mitten in einem schottischen Dörfchen neben ihrem Auto stehen und betrachtete ein Haus aus Stein auf der gegenüberliegenden Straßenseite. Ein Haus mit einer Fassade so symmetrisch wie eine Kinderzeichnung und mit grauem Schieferdach. Ein Garten, schmal wie ein Handtuch, eine weiße Gartenpforte aus

Holz und eine beschnittene Ligusterhecke, die den Garten vom Bürgersteig abgrenzte. Die Vorhänge waren zugezogen.

Das Haus der alten Mrs. Titchfield. Es stand leer, weil Mrs. Titchfield vor zwei Wochen im Ortskrankenhaus gestorben war.

Edwina kannte das Haus. Sie hatte auch Mrs. Titchfield lange gekannt. Hatte sie zuweilen besucht, wenn es darum ging, Trödel für den Kirchenbasar zu sammeln oder eine Weihnachtskarte und einen Früchtekuchen vorbeizubringen, und dann war sie hineingebeten worden, hatte am Kamin gesessen und eine Tasse Tee getrunken.

Sie kannte die winzigen Zimmer und die schmale Treppe, den Garten hinter dem Haus mit seinen Albertina-Rosen und der Wäscheleine zwischen zwei Apfelbäumen ...

«Edwina!» Sie hatte das andere Auto, das sich jetzt in die Parklücke hinter ihrem eigenen gesetzt hatte, weder gesehen noch gehört. Und da kam auch schon Rosemary Turner; Rosemary mit ihrem Einkaufskorb und ihrer adretten grauen Frisur und ihrem fetten weißen Pekinesen an einer leuchtend roten Leine. Rosemary zählte zu Edwinas Busenfreundinnen. James, Rosemarys Mann, spielte mit Henry Golf, und Rosemary war Patentante bei Edwinas ältestem Kind. «Was machst denn du, stehst da rum und starrst Löcher in die Luft?», fragte Rosemary.

«Ach, nur so.»

«Die arme alte Mrs. Titchfield. Aber was soll's – sie hatte ein erfülltes, langes Leben. Trotzdem komisch, was, dass man sie nicht mehr in ihrem Garten, diesem erweiterten Blumentopf, herumwerkeln sieht. Es gab, glaube ich, in der ganzen Gegend kein Fleckchen Erde, das so gut gejätet war. Hast du schon alle Einkäufe erledigt?»

«Ja. Ich bin schon auf dem Nachhauseweg.»

«Ich muss noch Hundekuchen für Hi-Fi kaufen. Hast du es furchtbar eilig?»

«Nein. Henry ist heute nicht zum Lunch da.»

«In dem Fall sollten wir die Gelegenheit nutzen und uns eine Tasse Kaffee im Alten Reetdachcafé gönnen. Ich habe dich ewig nicht gesehen. Es gibt massenhaft zu bereden.»

Edwina lächelte. «Gut.»

«Dann halt mal Hi-Fi. Er mag absolut nicht mit in den Laden, die haben eine Katze, die ihn immer anfaucht.»

Edwina nahm die Leine, lehnte sich ans Auto und wartete. Ihr Blick wanderte zu Mrs. Titchfields Haus zurück. Ihr war eine Idee gekommen, aber sie wusste, Henry würde ganz und gar dagegen sein, und bei dem Gedanken an eine hitzige Diskussion war ihr mulmig zumute. Sie seufzte, fühlte sich müde und alt. Wahrscheinlich würde sie am Ende des Tages den leichteren Weg wählen und gar nichts sagen.

Das kleine Café war eng und dunkel. Aber das Porzellan war hübsch, auf dem Tisch standen frische Blumen, und als der Kaffee kam, war er stark und duftete würzig.

Edwina trank einen Schluck. «Das war nötig.»

«Ich finde auch, du siehst fix und fertig aus. Dir fehlt doch nichts, oder?»

«Nein. Bloß dass mir die blöde Einkauferei zu viel wird. Warum machen wir diese Pflichtübung eigentlich immer?»

«Weil wir nach so vielen Ehejahren programmiert sind. Wie Computer. Wo ist Henry denn zum Lunch?»

«Bei Kate und Tony. Er und Tony haben sich heute Morgen die grässlichen Finanzen vorgenommen.»

Kate war Henrys Schwester. Ihr Mann, Tony, war Henrys Steuerberater, und sein Büro in Relkirk lag nur einen Katzensprung von Edwinas und Henrys geräumigem Haus entfernt.

«Gefällt Henry das Leben als Pensionär?»

«Ich denke schon. Aber irgendwie hat er dauernd zu tun.»

«Kommt er dir auch nicht in die Quere? In der ersten Zeit nach James' Pensionierung bin ich fast übergeschnappt. Ewig stand er in der Küche rum, stellte mein Radio ab und löcherte mich mit Fragen.»

«Was für Fragen denn?»

«Ach, das Übliche. ‹Hast du meinen Taschenrechner gesehen?› – ‹Was soll mit dem Rasenmäher werden?› – ‹Wann gibt es Lunch?› Wer hat noch gesagt, dass ein Ehemann in guten und in schlechten Zeiten da sein soll, aber nicht zum Mittagessen?»

«Die Herzogin von Windsor.»

Rosemary lachte. Ihre Augen trafen sich über den Tisch hinweg. Das Lachen erstarb. «Wo liegt der Hase im Pfeffer? Normalerweise siehst du nicht aus wie sieben Tage Regenwetter.»

Edwina hob die Schultern und seufzte. «Ich

weiß auch nicht … Doch, ich weiß. Ich habe heute Morgen in meinen Kalender geschaut, und da ist mir klar geworden, dass Henry und ich nächsten Monat dreißig Jahre verheiratet sind.»

«Na und! Perlenhochzeit. Ist eure Silberhochzeit wirklich schon fünf Jahre her? Na, toll! Eine gute Ausrede für ein rauschendes Fest.»

«Was soll ein Fest, wenn die Kinder nicht kommen können.»

«Und warum können sie nicht?»

«Weil Rodney auf See ist und die Straße von Hormos bewacht. Und Priscilla ist in Sussex und völlig ausgelastet mit Bob und den beiden Kleinen. Und Tessa hat endlich eine Stelle in London gefunden, verdient aber kaum genug, um Leib und Seele zusammenzuhalten, und selbst wenn sie frei bekäme, sie könnte sich die Fahrkarte nach Haus trotzdem nicht leisten. Und dann, was ist an dreißig Jahren schon zu feiern? Ich habe das ungute Gefühl, sie sind eine Art Wasserscheide … von nun an geht's bergab …»

«Sag doch nicht so was, das schlägt einem ja auf den Geist!»

«… und was hat man am Ende seiner Tage vorzuweisen? Ich habe das Gefühl, ich stehe mit leeren Händen da.»

Rosemary hatte zu viel gesunden Menschenverstand, um auf diese Jeremiade einzugehen. Stattdessen rührte sie ihren Kaffee um und wechselte das Thema.

«Hast du das Haus der alten Mrs. Titchfield aus einem besonderen Grund angestarrt?»

«Irgendwie … Mir ist auf einmal aufgegangen, dass ich zweiundfünfzig bin, und Henry ist siebenundsechzig, und der Tag ist nicht mehr fern, an dem wir rein körperlich nicht mehr in der Lage sind, unsere Villa Hügel zu bewohnen. Wir klappern sowieso darin herum wie zwei trockene Erbsen, und jede freie Minute geht mit Gartenarbeit drauf, denn der darf ja nicht verkommen.»

«Er ist schön.»

«Ja, es ist ein schöner Garten, und wir lieben ihn heiß und innig. Aber er war schon immer zu groß für uns, selbst als die Kinder noch nicht ausgeflogen waren.»

«Falls du an Wegziehen denkst, dazu wirst du Henry nur schwer rumkriegen.»

«Wem sagst du das. Henry hat unsere Villa

Hügel von seinen Eltern geerbt. Er hat sein ganzes Leben in ihr gewohnt und erinnert sich noch an die Zeiten, als man jede Menge Hauspersonal und zwei Gärtner hatte. Ich aber habe nur Bessie Digley, und die kommt auch nur drei halbe Tage die Woche.»

«Mit dem Gedanken, dass ihr nicht mehr dort wohnt, kann ich mich einfach nicht abfinden. Bist du nicht ein wenig voreilig? Schließlich bist du noch nicht alt – hast noch viele Jahre vor dir. Und was ist, wenn die Enkel zu Besuch kommen? Für die brauchst du Platz.»

«Daran habe ich auch gedacht. Aber sollte man nicht lieber wegziehen, ehe man zu alt ist, damit man es noch genießen kann? Weißt du noch, die armen, alten Perrys? Die haben sich so lange an ihr Riesenhaus geklammert, bis sie so klapprig waren, dass sie einfach verkaufen mussten. Und dann das grässliche Häuschen angeschafft haben, wo Mrs. Perry die Treppe runtergefallen ist und sich die Hüfte gebrochen hat, und das war dann das Ende für alle beide. Angenommen, Mrs. Titchfields Haus wird zum Verkauf angeboten und Henry und ich kaufen es? Müsste doch Spaß machen, es zusammen zu renovieren? Es neu einzurichten und den

Garten neu anzulegen? Ich weiß, es ist winzig, aber es steht im Dorf. Ich müsste nicht jedes Mal sieben Meilen fahren, wenn ich ein Brot oder ein Pfund Würstchen kaufen will. Wir hätten es schön warm und würden im Winter nicht eingeschneit. Und die Kinder müssten sich um uns keine Sorgen machen.»

«Machen sie das denn?»

«Nein, aber das kommt schon noch.»

Rosemary lachte. «Weißt du, was mit dir los ist? Dir fehlen die Kinder. Alle haben sie das Nest verlassen, selbst die kleine Tessa, und sie fehlen dir. Aber das ist noch lange kein Grund, aus einer Laune heraus wegzuziehen. Du musst dir einfach einen anderen Lebensinhalt suchen. Mach eine Kreuzfahrt mit Henry.»

«Ich will aber keine Kreuzfahrt machen.»

«Dann fang mit Yoga an. Tu etwas.»

Als sie sich schließlich trennten, fuhr Edwina die kurvenreichen sieben Meilen Landstraße zurück zum Haus auf dem Hügel. Sie kam zu dem weißen Gatter, öffnete es und fuhr die steile, von hohen Buchen und dichtem Rhododendrongebüsch gesäumte Zufahrt hoch. Hinter den Bäumen kam Rasen, dann die Wiese unter den Glaskirschen, die im Frühling ein wahrer Blütenteppich aus gelben Osterglocken war. Dahinter erhob sich das große georgianische Haus, dessen Fenster in der niedrig stehenden Februarsonne blinkten.

Sie stellte das Auto auf dem Wirtschaftshof ab und trug ihre Einkäufe ins Haus. Die Küche war riesig und heimelig: ein Kohleherd, eine Anrichte mit Steingutgeschirr, ein Korb mit Bügelwäsche und zwei Labradors, die darauf warteten, ausgeführt zu werden.

Ohne Henry kam ihr das Haus immer seltsam leer vor. Das Wohnzimmer unter seinen Schonbezügen, das große Speisezimmer, Schauplatz ungezählter fröhlicher Familienmahlzeiten, jetzt nur noch selten in Gebrauch, da sie und Henry immer in der Küche aßen. Wie ein Gespenst wanderte sie im Geist die Treppe zu dem breiten Flur und den Türen hoch, die ihn säumten, in die geräumigen Zimmer, früher die Schlafzimmer der Kinder oder von Besuchern, oftmals ganzen Familien; den Flur entlang zu den weiß getünchten Kinderzimmern, der Wäschekammer, den gähnenden Badezimmern; ins Dachgeschoss hoch, wo in alten Zeiten das Hauspersonal geschlafen hatte und wo sie zu klein gewordene Fahrräder, Puppenhäuser und Schachteln mit Bauklötzen aufbewahrte.

Das Haus war ein Denkmal des Familienlebens. Von einer Familie mit Kindern, die ausgeflogen waren. Wo waren bloß all die Jahre geblieben?

Darauf gab es keine Antwort. Die Hunde brauchten Bewegung, und so ließ sie die Lebensmittel auf dem Küchentisch liegen, zog sich die grünen Gummistiefel an und machte mit den Hunden einen langen Spaziergang.

Beim Abendessen trank sie sich mit einem Glas Wein Mut an und kam auf das heikle Thema zu sprechen.

«Mrs. Titchfields Haus wird vermutlich bald zum Verkauf angeboten.»

«Vermutlich.»

«Findest du nicht, wir sollten es kaufen?»

Henry hob den schönen weißhaarigen Kopf und blickte sie ungläubig und mit großen Augen an. «Es kaufen? Warum denn bloß?»

Edwina nahm ihren ganzen Mut zusammen. «Um darin zu wohnen.»

«Aber wir wohnen hier.»

«Und werden immer älter. Und unser Haus scheint immer größer zu werden.»

«So alt sind wir nun auch wieder nicht.»

«Ich meine ja nur, wir sollten vernünftig sein.»

«Und was hast du mit diesem Haus vor?»

«Na ja ... falls Rodney es eines Tages haben will, könnte man es vermieten. Und wenn nicht, dann könnten wir es verkaufen.»

Jetzt legte er Messer und Gabel hin und griff nach seinem Scotch mit Soda. Sie beobachtete ihn. Er stellte das Glas hin und fragte: «Wann ist dir diese brillante Idee gekommen?»

«Heute. Nein, nicht heute. Sie hat mir schon länger im Hinterkopf herumgespukt. Ich liebe das Haus auf dem Hügel genau wie du. Aber die Kinder sind nun mal ausgeflogen. Leben ihr eigenes Leben. Und wir werden auch nicht jünger und können nicht ewig hier wohnen bleiben ...»

«Wieso eigentlich nicht?»

«Weil es zu viel Arbeit macht. Der Garten ...»

«Wenn ich den Garten nicht hätte, was sollte ich dann mit mir anfangen? Stell dir vor, ich in Mrs. Titchfields Haus, wo ich mir jedes Mal, wenn ich zur Tür reinkomme, den Kopf stoße. Wenn ich nicht vorher an einem Hirnschaden eingehe, werde ich mit Sicherheit tüdelig vor

Klaustrophobie. Und beschließe meine Tage als einer von diesen alten Knackern, die es bereits mittags in den Pub zieht und die erst zur Polizeistunde wieder rauskommen. Außerdem ist das hier unser Heim.»

«Ich meine doch nur … vielleicht … sollten wir an die Zukunft denken.»

«Ich denke an nichts anderes. An den Frühling mit seinen sprießenden Knospen. An den Sommer, wenn mein neues Rosenbeet blüht. Ich denke daran, dass sich Rodney eine Frau sucht und Tessa hier ihre Hochzeit feiert. Ich freue mich darauf, wenn sie uns alle mit ihren Familien besuchen. Ihre Aufzucht haben wir überlebt, jetzt lass uns bitte die Früchte unserer Mühen genießen.»

Nach einem Weilchen sagte Edwina: «Ja.»

«Das hört sich nicht sehr überzeugt an.»

«Du hast natürlich Recht. Aber ich habe auch Recht.» Er fasste über den Tisch und legte seine Hand auf ihre. Sie sagte: «Die Kinder fehlen mir.»

Darüber mochte er nicht mit ihr streiten. «Sie werden uns immer fehlen, wo auch immer wir wohnen.»

Zwei Wochen später rief Rosemary an. «Edwina, es geht um euren Hochzeitstag. Kommt doch zu mir und James zum Essen, wir möchten ein bisschen mit euch feiern. Samstag in zwei Wochen. Sagen wir, so gegen halb acht?»

«Ach, Rosemary, wie lieb von dir.»

«Also abgemacht. Falls wir uns vorher nicht mehr sehen sollten, bis dann.»

An diesem Abend rief Edwinas Schwägerin Kate an. «Edwina, was planst du für euren dreißigsten Hochzeitstag?», fragte sie.

«Dass du daran denkst!»

«Natürlich denke ich daran. Wie könnte ich den wohl vergessen?»

«Wir sind bei James und Rosemary zum Abendessen. Sie hat uns heute Morgen eingeladen.»

«Schön. Ich sah Henry und dich schon bei einem Kotelett in der Küche hocken, ohne dass einer von uns etwas zur Feier des Tages beigetragen hätte. Da brauche ich mir ja keine Sorgen mehr zu machen. Bis bald. Wiedersehen.»

Dreißig Jahre. Als sie aufwachte, pladderte der Regen nur so an den Scheiben herunter, und im

Badezimmer plätscherte es, das hieß, Henry duschte. Sie lag da und sah dem Regen zu und dachte: ‹Ich bin dreißig Jahre verheiratet.› Sie gab sich alle Mühe, sich an den Tag vor dreißig Jahren zu erinnern, aber ihr fiel kaum etwas ein, außer dass ihre jüngere Schwester versucht hatte, den Unterrock ihres Brautkleides zu bügeln, und dabei die weiße Seide versengt hatte. Und alle hatten ein Theater gemacht, als ob die Welt unterginge, und dabei hatte es gar keine Rolle gespielt. Sie drehte sich auf die andere Seite und rief: «Henry!», und da stand er auch schon mit stacheligem Haar und einem Badehandtuch um die Hüften in der offenen Tür.

Sie sagte: «Herzlichen Glückwunsch», er kam zum Bett, gab ihr einen feuchten Kuss und zauberte ein kleines Päckchen hervor. Sie wickelte das Papier ab, und ein rotledernes Schmuckkästchen kam zum Vorschein, in dem ein Paar Ohrringe lagen, kleine Blätter aus Gold, jedes mit einer Perle.

«Oh, sind die hübsch!» Sie setzte sich auf, und er brachte ihr den Handspiegel, damit sie den Schmuck anlegen und sich bewundern konnte. Er gab ihr noch einen Kuss und zog sich an, und sie ging nach unten und machte

Frühstück. Sie waren noch dabei, als der Postbote mit einem Telegramm von Rodney und Karten von Priscilla und Tessa kam. «In Gedanken sind wir bei euch», stand da. – «Wenn wir doch bei euch sein könnten!» – «Herzlichen Glückwunsch», las sie und «alles, alles Liebe».

«Na, darüber kann man sich doch freuen», sagte Henry. «Wenigstens haben sie's nicht vergessen.»

Edwina las Rodneys Telegramm zum vierten Mal. «Ja.»

Er blickte etwas ängstlich. «Kommst du dir alt vor, weil du jetzt dreißig Jahre mit mir verheiratet bist?»

Sie wusste, er dachte an Mrs. Titchfields Haus, obwohl sie nicht mehr darüber gesprochen hatten. Doch die Idee spukte ihr immer noch im Hinterkopf herum, und inzwischen war auch das Schild *Zu verkaufen* aufgestellt worden. Bislang hatte noch niemand das Haus haben wollen.

Sie sagte: «Nein.» Nur leer und verlassen wie die Zimmer oben.

«Gut. Ich mag es nicht, wenn du dir alt vorkommst. Weil du nämlich nicht alt aussiehst. Ehrlich gesagt, du wirst immer schöner.»

«Das kommt von den schönen Ohrringen.»
«Glaube ich nicht.»

Es regnete fast den ganzen Tag. Edwina füllte ihn mit Marmeladekochen aus, und weil sie zum Abendessen eingeladen waren, machte sie auch kein Feuer im Wohnzimmerkamin. Als die Marmelade dann geliert war und in der Vorratskammer stand, war es Zeit, nach oben zu gehen, zu baden und sich umzuziehen. Sie machte ihr Gesicht zurecht, frisierte sich, zog ihr schwarzes Samtkleid an und parfümierte sich tüchtig. Dann half sie Henry mit seinen Manschettenknöpfen und bürstete seinen guten grauen Flanellanzug ab.

«Er riecht nach Mottenkugeln», sagte sie.

«Jeder gute Anzug riecht nach Mottenkugeln.»

Er sah darin gut und sehr vornehm aus. Sie knipsten das Licht aus und gingen nach unten. Sie schlossen die Haustür ab, verabschiedeten sich von den Hunden, schlossen die Hintertür ab und liefen durch den Regen zum Auto. Dann ging es den Hügel hinunter. Dunkel, kalt und verlassen blieb das Haus zurück.

Die Turners wohnten in einem kleinen und entzückenden Cottage auf der anderen Seite des Dorfes und zehn Meilen davon entfernt. Kaum stiegen Edwina und Henry aus dem Auto, da ging auch schon die Haustür auf. Licht strömte heraus und ließ den Regen silbrig schimmern. Rosemary und James erwarteten sie.

«Alles Gute! Herzlichen Glückwunsch!» Küsse und Umarmungen, Wärme und Helligkeit. Sie legten die Mäntel ab und gingen in Rosemarys Wohnzimmer, wo ein Holzfeuer brannte und der weiße Pekinese auf seinem Kissen saß und kläffte. Und ein Geschenk gab es auch, eine neue Rose für den Garten.

«Wie schön!», sagte Edwina. «An der haben wir beide unsere Freude.»

Dann machte James eine Flasche Sekt auf, stieß auf die beiden an und hielt eine kleine Rede. Sie setzten sich alle in Rosemarys herrlich bequeme Sessel am Kamin und plauderten so ungezwungen wie vier Erwachsene, die seit langem befreundet sind. Sie leerten die Gläser. James schenkte nach. Henry warf einen verstohlenen Blick auf seine Uhr. Zehn vor acht.

Er räusperte sich. «James, fass es bitte nicht

als Vorwurf auf, aber sind wir heute Abend die einzigen Gäste?», fragte er.

James blickte seine Frau an. Sie sagte: «Nein, aber wir essen nicht hier. Noch ein Schlückchen?»

«Wo essen wir denn dann?»

«Auswärts.»

«Aha», sagte Henry, sah aber immer noch ziemlich begriffsstutzig aus.

«Und wo essen wir?», fragte Edwina.

«Abwarten.»

Geheimnisvoll, aber recht aufregend. Kann sein, sie wurden in das neue und teure französische Restaurant in Relkirk ausgeführt. Wie schön. Edwina war noch nie dort gewesen, und vor lauter Vorfreude besserte sich ihre Laune zusehends.

Viertel nach acht stellte James sein Glas hin. «Wir müssen los.» Und so standen denn alle auf, zogen die Mäntel an und traten hinaus in die regnerische Dunkelheit. «Edwina, du steigst bei mir ein, Rosemary kann mit Henry fahren. Ich fahre voraus, Henry.»

Sie brachen auf. James erzählte ihr, wie gut der alte Henry dieser Tage Golf spielte. Sie saß neben ihm, das Kinn in dem Mantelkragen vergraben, und sah, wie die Scheinwerfer das Dunkel der kurvenreichen Straße ausleuchteten. «Das macht sein Schwung. Seit seiner Unterhaltung mit dem Pro hat sich sein Schwung wirklich verbessert.» Im Dorf dachte sie, er würde rechts abbiegen und die Straße zum französischen Restaurant einschlagen. Aber nichts dergleichen. Sie war ein wenig enttäuscht.

«Du glaubst gar nicht, was für schlechte Angewohnheiten man sich beim Golf zulegen kann», sagte er gerade. «Manchmal braucht's nur einen kleinen, objektiven Hinweis.»

«Sieht so aus, als führen wir zurück zu unserer Villa Hügel», sagte sie.

«Edwina, euer Haus ist nicht das einzige Gebäude in diesem Teil der Welt.»

Sie schwieg vor sich hin, starrte aus dem Fenster und versuchte sich zu orientieren. Dann ging es um eine scharfe Kurve, und hoch über sich sah sie Lichter, die übers dunkle Land schienen und strahlten wie ein ganzes Feuerwerk. Aber wo waren sie? Sie hatte James zugehört und dabei die Orientierung verloren. Die Lichter wurden größer, heller. Dann kamen sie zu einer Kreuzung mit zwei Häuschen, vertrauten Wahrzeichen, und da ging ihr auf, dass sie von Anfang an Recht gehabt hatte, die Lichter waren die Lichter ihrer Villa Hügel, und James fuhr sie nach Haus.

Zurück zu einem Haus, das sie leer und dunkel zurückgelassen hatten. Ein Haus, in dem jetzt überall Licht brannte und in dem jedes Fenster einladend leuchtete.

«James, was geht hier vor?»

Aber James gab keine Antwort. Er fuhr durch das Gatter und brauste den Hügel hoch. Die Bäume längs der Auffahrt machten Platz, und da lag der Rasen wie in Flutlicht gebadet. Die Haustür stand offen, und die Hunde kamen herausgestürzt, bellten ihr Willkommen, und dann standen zwei Menschen in der Tür, ein Mann und eine Frau. Anfangs dachte sie, das darf doch nicht wahr sein, aber es war wahr. Priscilla. Priscilla und Bob.

Das Auto hatte kaum angehalten, da war sie schon ausgestiegen und lief, ohne sich auch nur um ihre geliebten Hunde zu scheren, durch den Regen quer über den Kies, ihre Haare, ach, egal, ihre Satinschuhe, auch egal.

«Hallo, Mummy!»

«Oh, Priscilla! Oh, Kindchen!» Sie fielen sich

in die Arme. «Aber was soll das? Was machst du hier?»

«Wir sind zu eurem Hochzeitstag gekommen», sagte ihr Schwiegersohn. Er grinste von einem Ohr zum anderen, sie nahm ihn liebevoll in den Arm, fragte dann aber Priscilla: «Wo sind die Kinder? Was habt ihr mit den Kleinen angestellt?»

«Sie bei meiner reizenden Nachbarin gelassen. Alle haben ganz toll dichtgehalten.» Jetzt war auch das andere Auto da, aus dem ein völlig verdatterter Henry herausstürzte, so staunte er. «Hallo, Dad! Na, da staunt ihr, was!»

«Was zum Teufel geht hier vor?» Mehr fiel ihm anscheinend nicht dazu ein.

Priscilla nahm ihn bei der Hand. «Komm rein, wir zeigen's dir.»

Sie folgten ihr wie betäubt. Als sie dann in der Diele standen, flötete es von oben: «Herzlichen Glückwunsch, ihr beiden lieben Alten.» Sie blickten hoch, und da kam Tessa schon die Treppe heruntergesaust, dass ihre lange seidige Mähne hinter ihr herflog. Die letzten drei Stufen nahm sie in einem Satz, wie sie es immer getan hatte, und Henry fing sie auf und schwenkte sie durch die Luft.

«Äffchen! Woher kommst du gesprungen?»

«Aus London, woher sonst? Oh, Mummy-Schatz, du siehst umwerfend aus! Das ist eine tolle Überraschung, was? Ach nein, die beste kommt ja noch … los, ihr beiden!»

«Das ist ja schlimmer als *Wo bitte ist Ihr Kühlschrank?*», sagte Henry, aber Tessa hörte gar nicht zu. Sie ergriff ihre Mutter beim Handgelenk, und Edwina ließ sich durch die Diele und durch die offene Tür ins Wohnzimmer ziehen. Die Schonbezüge waren verschwunden, das Feuer im Kamin war angezündet, und überall dufteten Blumen. Kate und Tony standen mit dem Rücken zum Feuer neben einem jungen Mann mit tief gebräuntem Gesicht und von der Tropensonne gebleichtem blondem Haar. Rodney!

«Da!», sagte Tessa und ließ ihre Mutter los.

«Herzlichen Glückwunsch, Ma», sagte Rodney.

«Wie habt ihr das geschafft?», fragte Edwina, während er sie in den Arm nahm. «Wie habt ihr das nur alles hingekriegt?»

«Es war eine richtige Verschwörung. Tante Kate und Onkel Tony haben mitgemacht – und Rosemary und James auch, und Bessie Digley.

Wir haben uns gestern alle in London getroffen und sind zusammen nach Norden geflogen.»

«Aber Rodney, wie hast du Urlaub bekommen?»

«Der stand mir sowieso zu. Ich hatte etwas aufgespart.»

«Aber ich habe heute Morgen ein Telegramm bekommen, von deinem Schiff.»

«Das hat der Oberleutnant für mich gedeichselt.»

Sie wandte sich an ihre Töchter. «Und eure Karten ...»

«Falsche Fährten», sagte Tessa. «Damit ihr auch ja keinen Verdacht schöpft. Und natürlich essen wir hier, im Speisezimmer. Priscilla und ich haben bei Tante Kate gekocht und alles im Kofferraum ihres Autos hierher transportiert. Ein recht ausgefallenes Essen auf Rädern.»

«Aber ... der Kamin. Dieses Zimmer. Die Blumen. Alles ...»

«Das haben Rodney und Onkel Tony gemacht, während wir in Windeseile den Tisch gedeckt haben. Und Bob ist durchs Haus gegangen und hat überall Licht angeknipst.»

«Komisch war's schon», schaltete sich Priscilla ein. «Als ihr zu Rosemary gefahren seid, warteten wir alle unten an der Einfahrt in zwei Autos und hatten die Scheinwerfer ausgeschaltet, denn ihr durftet uns ja nicht sehen. Wie früher Räuber und Gendarm. Und kaum wart ihr weg, da sind wir die Auffahrt hochgezischt und haben uns an die Arbeit gemacht.»

«Wie seid ihr hineingekommen?», wollte Henry wissen.

«Tessa hat noch immer einen Schlüssel. Und Bessie Digley ist auch da. Sie bezieht uns allen Betten. Ihr habt doch nichts dagegen, wenn wir das Wochenende hier bleiben, oder? Rodney kann noch länger bleiben, weil er zwei Wochen Urlaub hat, aber ich mag die Kinder nicht so lange allein lassen, und Tessa muss wieder arbeiten.»

Die Sektkorken knallten. Jemand reichte Edwina ein Glas. Sie war immer noch im Mantel, und sie war noch nie im Leben so glücklich gewesen.

Wenig später stahl sich Edwina weg von Gelächter und Unterhaltung und Sekt. Sie warf einen Blick ins Speisezimmer und sah, dass auch dort das Feuer im Kamin brannte und dass der große Mahagonitisch wie für ein königliches Festbankett gedeckt war. Sie ging zur Küche und warf einen Blick um die Ecke. Bessie Digley stand am Herd, drehte sich um und verkündete: «Na, wenn das keine Überraschung war!»

Edwina ging nach oben. Auf dem Flur stand jede Zimmertür offen, und überall brannte Licht. Sie sah offene Koffer und Kleider in einem Durcheinander, das ihr ans Herz rührte. In ihrem eigenen Zimmer zog sie den Mantel aus und legte ihn aufs Bett. Eigentlich sollte sie die Vorhänge zuziehen, doch dann ließ sie es. Die ganze Welt konnte ruhig sehen, was hier los war! Sie stand mit dem Rücken zum Fenster und musterte das vertraute, etwas schäbige Schlafzimmer. Ihren Frisiertisch, das riesige Doppelbett, den alles überragenden viktorianischen Kleiderschrank, ihren Sekretär. Sie sah Fotografien in Hülle und Fülle, auf jeder freien Fläche schienen welche zu stehen. Die Kinder in allen Stadien und Altersstufen und nun auch Enkelkinder und Hunde und Picknicks und Familientreffen und Feste.

Tausendfache Erinnerungen.

Nach einem Weilchen ging sie zum Spiegel, richtete ihr Haar und puderte sich die Nase. Es wurde Zeit, dass sie zu den anderen zurückging. Oben an der Treppe jedoch blieb sie stehen. Aus dem Wohnzimmer wehten Stimmen und Gelächter hoch, und der fröhliche Lärm erfüllte das ganze Haus. Ihre Kinder waren da. Sie waren gekommen und hatten die Schonbezüge in den leeren Räumen entfernt und die verlassenen Schlafzimmer mit Beschlag belegt. Henry hatte Recht gehabt. Sie hatten noch immer Jahre in diesem Haus vor sich. Es war zu früh, um an Wegziehen zu denken. Zu früh, ans Altwerden zu denken.

Dreißig Jahre.

Sie fasste nach ihren neuen Ohrringen, merkte, dass sie lächelte, und lief nach unten wie eine aufgeregte Braut.

Das Vorweihnachtsgeschenk

Es war zwei Wochen vor Weihnachten. An einem düsteren, bitterkalten Morgen fuhr Ellen Parry, wie sie es die letzten zweiundzwanzig Jahre an jedem Morgen getan hatte, ihren Ehemann James die kurze Strecke zum Bahnhof, gab ihm einen Abschiedskuss, sah seine Gestalt mit dem schwarzen Mantel und der Melone durch die Sperre verschwinden und fuhr dann vorsichtig auf der vereisten Straße nach Hause.

Als sie über die langsam erwachende Dorfstraße und dann durch die sanfte Landschaft kroch, flogen ihre Gedanken, die zu dieser frühen Stunde wirr und undiszipliniert waren, in ihrem Kopf herum wie Vögel in einem Käfig. Es gab um diese Jahreszeit immer ungeheuer viel zu tun. Wenn sie das Frühstücksgeschirr gespült hatte, wollte sie eine Einkaufsliste für das Wochenende zusammenstellen, vielleicht Apfelpasteten mit Rosinen backen, ein paar Weihnachtskarten in letzter Minute schreiben, ein paar Geschenke in letzter Minute kaufen, Vickys Zimmer putzen.

Nein. Sie besann sich anders. Sie wollte Vickys Zimmer nicht putzen und das Bett nicht beziehen, bevor sie nicht sicher wusste, dass Vicky Weihnachten bei ihnen sein würde. Vicky war neunzehn. Im Herbst hatte sie in London eine Stelle gefunden und eine kleine Wohnung, die sie mit zwei anderen Mädchen teilte. Die Trennung war jedoch nicht endgültig, denn am Wochenende kam Vicky meistens nach Hause, brachte manchmal eine Freundin mit und jedesmal einen Sack schmutzige Wäsche für Mutters Waschmaschine. Als sie das letzte Mal da war, hatte Ellen angefangen, von Weihnachtsplänen zu sprechen, aber Vicky hatte ein verlegenes Gesicht gemacht und sich schließlich ein Herz gefasst, um Ellen zu eröffnen, dass sie dieses Jahr möglicherweise nicht zu Hause sein würde. Sie wolle sich vielleicht einer Gruppe junger Leute anschließen, die in der Schweiz Ski laufen und eine Villa mieten wollten.

Ellen, die diese Mitteilung völlig unvorbereitet traf, war es gelungen, ihre Bestürzung zu verbergen, doch insgeheim wurde ihr schwindelig bei der Aussicht, Weihnachten ohne ihr einziges Kind zu verbringen; dennoch war ihr bewusst, dass Eltern nichts Schlimmeres tun konnten, als Besitzansprüche zu zeigen, sich zu weigern loszulassen, ja überhaupt irgendetwas zu erwarten.

Es war sehr schwierig. Wenn sie nach Hause kam, war die Post vielleicht schon da gewesen und hatte einen Brief von Vicky gebracht. Sie sah im Geiste den Umschlag auf der Fußmatte liegen, Vickys große Handschrift.

Liebste Ma! Schlachte das gemästete Kalb und schmücke die Flure mit Stechpalmen, die Schweiz ist gestorben, ich werde zu Hause sein und die Feiertage bei dir und Dad verbringen.

Sie war so überzeugt, dass der Brief da sein würde, brannte so sehr darauf, ihn zu lesen, dass sie sich erlaubte, ein bisschen schneller zu fahren. Im fahlen Licht des Wintermorgens waren jetzt die gefrorenen Gräben und die schwarzen, vereisten Hecken zu erkennen. Sanfte Lichter schienen in den Fenstern der kleinen Häuser, der Hügel hatte eine Schneehaube auf. Ellen dachte an Weihnachtslieder und den Duft von Fichtenzweigen, und plötzlich war sie von Aufregung ergriffen, dem alten Zauber der Kindheit.

Fünf Minuten später parkte sie den Wagen in der Garage und ging durch die Hintertür ins Haus. Nach der Eiseskälte draußen war es in der Küche wohltuend warm. Die Reste vom Frühstück standen auf dem Tisch, aber sie sah darüber hinweg und durchquerte die Diele, um nach der Post zu sehen. Der Briefträger war da gewesen, ein Stapel Umschläge lag auf der Fußmatte. Sie hob sie auf, so überzeugt, einen Brief von Vicky vorzufinden, dass sie, als keiner da war, ihn übersehen zu haben glaubte und den Stapel noch einmal durchging. Aber von ihrer Tochter war nichts dabei.

Einen Augenblick war sie von Enttäuschung übermannt, doch dann gab sie sich einen Ruck, nahm sich zusammen. Vielleicht mit der Nachmittagspost ... Eine Reise voller Hoffnung ist schöner als die Ankunft. Sie ging mit dem Stapel Umschläge in die Küche, warf ihren Schaffellmantel ab und setzte sich hin, um die Post zu lesen.

Es waren vornehmlich Briefkarten. Sie öffnete eine nach der anderen und stellte sie im Halbkreis auf. Rotkehlchen, Engel, Weihnachtsbäume und Rentiere. Die letzte Karte war riesig groß und extravagant, eine Reproduktion von Breughels Schlittschuhläufern. Mit herzlichen Grüßen von Cynthia. Cynthia hatte außerdem einen Brief geschrieben. Ellen schenkte sich einen Becher Kaffee ein und las ihn.

Vor langer Zeit waren Ellen und Cynthia die besten Schulfreundinnen gewesen. Aber als sie erwachsen waren, hatten sich ihre Wege getrennt und ihrer beider Leben ganz verschiedene Richtungen eingeschlagen. Ellen hatte James geheiratet, und nach einer kurzen Zeit in einer kleinen Londoner Wohnung waren sie mit ihrer neu geborenen Tochter in dieses Haus gezogen, wo sie seither lebten. Einmal im Jahr fuhr sie mit James in Urlaub, meistens an Orte, wo James Golf spielen konnte. Das war alles. Die übrige Zeit tat sie die Dinge, mit denen Frauen in aller Welt ihre Zeit verbrachten, kochen, einkaufen, nähen, den Garten jäten, waschen und bügeln. Einladungen geben und von ein paar guten Freunden eingeladen werden; nebenbei ein bisschen karitative Arbeit und Kuchenbacken für den Basar der Frauenliga. Das alles stellte keine großen Anforderungen an sie und war, wie sie wohl wusste, ein bisschen fade.

Cynthia hingegen hatte einen angesehenen Arzt geheiratet, drei Kinder geboren, ein eigenes Antiquitätengeschäft eröffnet und einen Haufen Geld verdient. Ihre Urlaube waren unvorstellbar aufregend, sie reisten kreuz und quer durch die USA, wanderten in den Bergen von Nepal oder besuchten die Chinesische Mauer.

Ellens und James' Freunde waren Ärzte, Rechtsanwälte oder Geschäftskollegen; Cynthias Haus in Campden Hill aber war ein Treffpunkt für die faszinierendsten Leute. Berühmte Gesichter vom Fernsehen würzten ihre Partys, Schriftsteller diskutierten über den Existentialismus, Künstler stritten über abstrakte Kunst, Politiker ergingen sich in gewichtigen Debatten. Als sie einmal nach einem Einkaufstag bei Cynthia übernachtete, saß Ellen beim Abendessen zwischen einem Kabinettsminister und einem jungen Mann mit pinkfarbenen Haaren und einem einzelnen Ohrring. Das Bemühen, sich mit dem einen oder anderen dieser Individuen zu unterhalten, war ein aufreibendes Erlebnis gewesen.

Hinterher hatte Ellen sich Vorwürfe gemacht. «Ich habe nichts, worüber ich reden kann», sagte sie zu James. «Außer, wie ich Marmelade koche und meine Wäsche weiß kriege, wie diese schrecklichen Frauen in der Fernsehwerbung.»

«Du könntest über Bücher sprechen. Ich kenne keinen Menschen, der so viele Bücher verschlingt wie du.»

«Über Bücher kann man nicht sprechen. Lesen ist lediglich das Erleben der Erlebnisse von anderen Leuten. Ich sollte etwas tun, selbst etwas erleben.»

«Was ist mit damals, als wir die Katze verloren haben? Ist das kein Erlebnis?»

«O *James*.»

In diesem Moment wurde die Idee geboren. Sie hatte deswegen nie etwas unternommen, aber in diesem Augenblick war die Idee geboren worden. Wenn Vicky von zu Hause fortging, vielleicht könnte sie dann ...? Ein paar Tage später erwähnte sie es abends beiläufig gegenüber

James, aber er las die Zeitung und hörte kaum zu, und als sie nach ein paar Tagen noch einmal darauf zu sprechen kam, hatte er es, überaus freundlich, mit Gleichgültigkeit zugeschüttet, ganz so, als leerte er einen Wassereimer über einem Feuer aus.

Sie seufzte, ließ Bestrebungen Bestrebungen sein und las Cynthias Brief.

Liebste Ellen! Wollte der Karte noch schnell ein paar Zeilen beifügen, bloß um mich mal zu melden und dir das Neueste mitzuteilen. Ich glaube nicht, daß du die Sanderfords, Cosmo und Ruth, mal kennen gelernt hast, als du hier warst.

Ellen hatte die Sanderfords nicht kennengelernt, aber das bedeutete nicht, dass sie nicht genau wusste, wer sie waren. Wer hatte nicht von den Sanderfords gehört? Er war ein bedeutender Filmregisseur, sie war Schriftstellerin und verfasste ironische, komische Familienromane. Wer hatte die beiden nicht bei Podiumsdiskussionen im Fernsehen erlebt? Wer hatte Ruths Artikel über die Erziehung ihrer vier Kinder nicht gelesen? Wer hatte seine Filme nicht bewundert, mit ihrer versteckten, originellen

Aussage, ihrer Empfindsamkeit und visuellen Schönheit? Was sie auch taten, die Sanderfords waren eine Nachricht wert. Allein ihnen zuzusehen genügte, um einem gewöhnlichen Sterblichen das Gefühl zu geben, fade und vollkommen unzulänglich zu sein. Die Sanderfords. Leicht verzagt las Ellen weiter:

Sie haben sich vor einem Jahr scheiden lassen, in aller Freundschaft, und von Zeit zu Zeit kann man sie immer noch zusammen beim Mittagessen sehen. Aber sie hat sich in deiner Nähe ein Haus gekauft, und ich bin überzeugt, daß sie sich über einen Besuch freuen würde. Ihre Adresse ist Monk's Thatch, Trauncey, und die Telefonnummer ist Trauncey 232. Ruf sie mal an und sag ihr, ich habe dir gesagt, du solltest dich mal bei ihr melden. Fröhliche Weihnachten, viele liebe Grüße, Cynthia.

Trauncey war nur anderthalb Kilometer entfernt, praktisch nebenan. Und Monk's Thatch war eine alte Wildhüterhütte, an der monatelang ein Schild «Zu verkaufen» angebracht gewesen war. Jetzt musste das Schild wohl verschwunden sein, denn Ruth Sanderford hatte das Häuschen gekauft und wohnte dort ganz allein, und von Ellen wurde erwartet, dass sie mit ihr Verbindung aufnahm.

Bei dieser Aussicht war ihr bange zumute. Wenn der Neuankömmling ein normaler Mensch gewesen wäre, eine allein stehende Frau, die Gesellschaft und den Trost einer Freundin brauchte, das wäre etwas anderes gewesen. Aber Ruth Sanderford war kein normaler Mensch. Sie war berühmt, klug, genoss vermutlich ihr neu gewonnenes Alleinsein nach einem glanzvollen Leben künstlerischer Erfüllung, verbunden mit der schieren Plackerei, vier Kinder aufzuziehen. Sie würde Ellen langweilig finden und Cynthia den Vorschlag verübeln, dass Ellen sich bei ihr melden sollte.

Der Gedanke an den kühlen Empfang, der ihren vorsichtigen Annäherungen womöglich bereitet würde, ließ Ellens Phantasie erschrocken Reißaus nehmen. Irgendwann würde sie hingehen. Nicht vor Weihnachten. Vielleicht am Neujahrstag. Im Moment hatte sie ohnehin zu viel zu tun. Apfelpasteten backen, Listen schreiben …

Sie schlug sich Ruth Sanderford aus dem Kopf, ging nach oben und machte ihr Bett. Die

Tür von Vickys Zimmer gegenüber dem Treppenpodest war geschlossen. Sie öffnete sie, spähte hinein, sah den Staub auf dem Toilettentisch, das Bett mit dem Stapel gefalteter Decken, die geschlossenen Fenster. Ohne Vickys Habe wirkte es seltsam unpersönlich, ein Zimmer, das irgendjemand oder niemandem gehörte. Wie sie so auf der Schwelle stand, wusste Ellen mit einem Mal, ohne jeden Zweifel, dass Vicky in die Schweiz fahren würde. Dass Weihnachten irgendwie ohne sie überstanden werden musste.

Was würden sie machen, sie und James? Worüber würden sie reden, wenn sie jeder an einem Ende des Esszimmertisches saßen, mit einem Truthahn, der zu groß zum Verspeisen war? Vielleicht sollte sie den Truthahn abbestellen und dafür Lammkoteletts bestellen. Vielleicht sollten sie verreisen, in eines dieser Hotels, die sich einsamer älterer Leute annahmen.

Rasch machte sie die Tür zu, verschloss nicht nur Vickys verlassenes Zimmer, sondern auch die erschreckenden Bilder von Alter und Einsamkeit, die uns alle einmal ereilen. Am anderen Ende des Treppenpodestes führte eine schmale Stiege auf den Dachboden. Ohne besondere Absicht ging Ellen die Stiege hinauf und durch die Tür, die auf den riesigen Speicher mit dem schrägen Dach führte. Er war leer bis auf ein paar Koffer und die Blumenzwiebeln, die sie fürs Frühjahr gesteckt hatte und die nun in dicke Schichten Zeitungspapier gehüllt waren. Dachgauben ließen die blassen Strahlen der niedrig stehenden Sonne herein, und es roch angenehm nach Holz und Kampfer.

In einer Ecke stand ein Karton mit dem Christbaumschmuck. Aber würden sie dieses Jahr einen Baum haben? Es war immer Vickys Aufgabe gewesen, den Baum zu schmücken, und es schien wenig Sinn zu haben, wenn sie nicht da war. Überhaupt schien alles wenig Sinn zu haben.

Sag ihr, ich habe dir gesagt, du solltest dich mal bei ihr melden.

Ihre Gedanken waren wieder bei Ruth Sanderford. Sie wohnte in Monk's Thatch, ein kurzer Spaziergang über die vereisten Felder. Schön, sie war berühmt, aber Ellen kannte und liebte alle ihre Bücher, sie identifizierte sich mit den geplagten Müttern, den zornigen, missverstandenen Kindern, den frustrierten Ehefrauen.

Aber ich bin nicht frustriert.

Der Speicher bildete einen wesentlichen Bestandteil der Idee, die sie gehabt hatte, des Vorhabens, das James so kurzerhand abgetan hatte, des Plans, den sie aufgegeben hatte, weil es keinen Menschen gab, der ihr ein wenig Mut zusprach.

James und Vicky. Ihr Mann und ihr Kind. Urplötzlich hatte Ellen die beiden satt. Sie hatte es satt, sich Gedanken wegen Weihnachten zu machen, sie hatte das Haus satt. Sie sehnte sich nach Abwechslung. Sie würde gehen, auf der Stelle, und Ruth Sanderford besuchen. Bevor dieser neue Mut sich verflüchtigte, ging sie hinunter, zog ihren Mantel an, legte ein Glas mit selbst gemachter Orangenmarmelade und eins mit Obstpastetenfüllung in einen Korb. Als begebe sie sich auf eine wagemutige, gefährliche Reise, trat sie in den eisigen Morgen hinaus und schlug die Tür hinter sich zu.

Es war ein schöner Tag geworden. Blass und wolkenlos der Himmel, glitzernder Frost auf den kahlen Bäumen, die Ackerfurchen eisenhart. Saatkrähen krächzten hoch oben auf den Ästen, die eisige Luft war süß wie Wein. Ellens Stimmung stieg; sie schwenkte den Korb, genoss ihre wachsende Energie. Der Fußweg führte am Rand der Felder entlang, über hölzerne Zauntritte. Bald kam hinter den Hecken Trauncey in Sicht. Eine kleine Kirche mit einem spitzen Turm, eine Gruppe niedriger Häuser. Über den letzten Zauntritt, und sie war auf der Straße. Rauch stieg munter aus Schornsteinen, graue Federn in der stillen Luft. Ein alter Mann mit Pferd und Wagen klapperte vorüber. Sie sagten guten Morgen. Ellen ging auf der kurvigen Straße weiter.

Das Schild «Zu verkaufen» am Haus Monk's Thatch war verschwunden. Ellen öffnete das Gartentor und ging den Ziegelweg entlang. Das Haus war lang gestreckt und niedrig, sehr alt, ein Fachwerkhaus mit einem Strohdach, das wie Augenbrauen über den kleinen Fenstern hing. Die Tür war blau gestrichen, mit einem Messingklopfer, und Ellen klopfte etwas beklommen, und als sie da stand und wartete, vernahm sie das Geräusch einer Säge.

Niemand öffnete ihr, und nach einer Weile folgte sie dem Geräusch und traf im Hof neben dem Haus auf eine schwer arbeitende Gestalt. Eine Frau, die Ellen von ihren Auftritten im Fernsehen her sofort erkannte.

Sie hob die Stimme und sagte: «Hallo.»

Ruth Sanderford hörte zu sägen auf und blickte hoch. Einen Augenblick verharrte sie erstaunt über den Sägebock gebeugt, dann richtete sie sich auf, ließ die Säge mitten in einem alten Ast stecken. Sie staubte sich die Hände am Hosenboden ab und kam zu Ellen.

«Hallo.»

Sie war eine sehr würdevolle Erscheinung. Groß, schlank, kräftig wie ein Mann. Die grauen Haare waren am Hinterkopf zu einem Knoten geschlungen, ihr Gesicht war sonnengebräunt, mit dunklen Augen und glatten Zügen. Zu ihrer fleckigen Hose trug sie einen Marinepullover, und um den Hals hatte sie ein getupftes Tuch geknotet. «Wer sind Sie?»

Es klang nicht unfreundlich, sondern vielmehr, als wolle sie es wirklich gerne wissen.

«Ich ... ich bin Ellen Parry. Eine Freundin von Cynthia. Sie sagte mir, ich soll Sie besuchen.»

Ruth Sanderford lächelte. Es war ein schönes Lächeln, warm und freundlich. Schlagartig war Ellens Nervosität verschwunden. «Natürlich. Sie hat mir von Ihnen erzählt.»

«Ich bin nur gekommen, um guten Tag zu sagen. Ich möchte Sie nicht stören, wenn Sie zu tun haben.»

«Sie stören mich nicht. Ich bin so gut wie fertig.» Sie ging zum Sägebock zurück, bückte sich und lud ein Bündel frisch gesägter Holzscheite auf ihre kräftigen Arme. «Ich muss das nicht machen – mein Vorrat an Feuerholz reicht bis an die Decke –, aber ich habe zwei Tage geschrieben, und da tut ein bisschen körperliche Arbeit gut. Außerdem ist es so ein zauberhafter Morgen, da wäre es fast ein Verbrechen, im Haus zu bleiben. Kommen Sie herein, trinken Sie eine Tasse Kaffee mit mir.»

Sie ging auf dem Weg voran, machte eine Hand frei, um den Türknauf zu drehen, und stieß die Tür mit dem Fuß auf. Sie war so groß, daß sie den Kopf einziehen musste, um sich nicht an dem Türsturz zu stoßen, aber Ellen, die erheblich kleiner war, brauchte sich nicht zu bücken, und erfüllt von verwunderter Erleichterung, dass das erste Bekanntwerden so mühelos verlaufen war, folgte sie Ruth Sanderford ins Haus und schloss die Tür.

Sie waren über zwei Stufen unmittelbar ins Wohnzimmer hinabgestiegen, das so lang und geräumig war, dass es den größten Teil des Erdgeschosses einnehmen musste. An einem Ende war ein offener Kamin, am anderen ein großer

Kirschholztisch. Auf dem standen eine Schreibmaschine, Kartons mit Papier, Nachschlagewerke, ein Becher mit gespitzten Bleistiften und ein viktorianischer Krug mit getrockneten Blumen und Gräsern.

Ellen sagte: «Ein wunderschönes Zimmer.»

Ihre Gastgeberin stapelte die Holzscheite in einen bereits randvollen Korb und wandte sich dann Ellen zu.

«Entschuldigen Sie die Unordnung. Wie gesagt, ich habe gearbeitet.»

«Ich finde es nicht unordentlich.» Schäbig vielleicht, ein bisschen unaufgeräumt, aber sehr einladend mit den büchergesäumten Wänden und abgeschabten alten Sofas, die zu beiden Seiten des Kamins standen. Und überall Fotografien und ausgefallene, schöne Gegenstände aus Porzellan. «Genau so soll ein Zimmer aussehen. Bewohnt und warm.» Sie stellte ihren Korb auf den Tisch. «Ich habe Ihnen etwas mitgebracht. Marmelade und Pastetenfüllung. Nichts Besonderes.»

«Oh, wie nett!» Sie lachte. «Ein Vorweihnachtsgeschenk. Und mir ist die Marmelade ausgegangen. Bringen wir die Sachen in die Küche, und ich setze Wasser auf.»

Ellen legte ihren Schaffellmantel ab und folgte Ruth durch eine Tür am hinteren Ende des Raumes in eine kleine, bescheidene Küche, die früher eine Waschküche gewesen sein mochte. Ruth ließ Wasser in den Kessel laufen und stellte ihn auf den Gasherd. Sie kramte in einem Schrank nach Kaffee und nahm zwei Becher von einem Bord. Dann brachte sie ein Blechtablett zum Vorschein, auf dem *Carlsberg Lager* geschrieben stand, musste aber geraume Zeit suchen, bis sie den Zucker fand. Obwohl sie vier Kinder großgezogen hatte, war sie offensichtlich kein häuslicher Typ.

«Wie lange wohnen Sie schon hier?», fragte Ellen.

«Schon einige Monate. Es ist himmlisch. So friedlich.»

«Schreiben Sie an einem neuen Roman?»

Ruth grinste gequält. «Könnte man sagen.»

«Auf die Gefahr hin, daß es banal klingt, ich habe alle Ihre Bücher mit großem Vergnügen gelesen. Und ich habe Sie im Fernsehen gesehen.»

«Ach du liebe Zeit.»

«Sie waren gut.»

«Man hat mich neulich gebeten, eine Sendung zu machen, aber ohne Cosmo scheint es sinnlos. Wir waren ein richtiges Team. Im Fernsehen, meine ich. Ansonsten glaube ich, seit wir geschieden sind, sind wir beide glücklicher. Und unsere Kinder auch. Als ich das letzte Mal mit ihm Mittag essen war, hat er mir erzählt, dass er daran denkt, wieder zu heiraten. Ein Mädchen, das seit zwei Jahren bei ihm arbeitet. Sie ist so nett. Sie wird ihm eine wunderbare Frau sein.»

Es war ein wenig verwirrend, von einer Fremden sogleich derart ins Vertrauen gezogen zu werden, aber sie sprach so natürlich und herzlich, dass diese Vertraulichkeit ganz normal, sogar wünschenswert wirkte.

Während Ruth Kaffeepulver in die Becher löffelte, sprach sie weiter: «Wissen Sie, dass ich jetzt zum ersten Mal in meinem Leben für mich allein lebe? Ich komme aus einer großen Familie, habe mit achtzehn geheiratet und bin sofort schwanger geworden. Danach gab es keinen einzigen müßigen Augenblick. Menschen scheinen sich ganz außerordentlich zu vermehren. Ich hatte Freunde, und Cosmo hatte Freunde, und dann brachten die Kinder ihre Freunde mit nach Hause, und die Freunde hatten

Freunde, und so ging es weiter. Ich wusste nie, wie viele Personen ich zu verköstigen haben würde. Da ich keine besonders gute Köchin bin, gab es meistens Berge von Spaghetti.» Das Wasser kochte, sie füllte die Becher und nahm das Tablett. «Kommen Sie, gehen wir ans Feuer.»

Sie setzten sich einander gegenüber, eine jede in eine Ecke eines durchgesessenen Sofas, zwischen sich die Wärme des lodernden Feuers. Ruth trank einen Schluck Kaffee und stellte den Becher auf dem Tischchen ab, das zwischen ihnen stand. Sie sagte: «Das Schöne am Alleinleben ist unter anderem, daß ich kochen kann, wann ich will und was ich will. Bis zwei Uhr nachts arbeiten, wenn mir danach ist, und bis zehn schlafen.» Sie lächelte. «Sind Sie schon lange mit Cynthia befreundet?»

«Ja, wir sind zusammen zur Schule gegangen.»

«Wo wohnen Sie?»

«Im Nachbardorf.»

«Haben Sie Familie?»

«Einen Mann und eine Tochter, Vicky. Das ist alles.»

«Denken Sie nur, ich werde bald Großmutter.

Allein schon die Vorstellung finde ich erstaunlich. Es kommt mir vor, als sei es keine Minute her, seit mein ältestes Kind geboren wurde. Das Leben rast vorüber, nicht? Man hat nie Zeit, irgendwas zu machen.»

Es schien Ellen, dass Ruth so ungefähr alles gemacht hatte, aber sie sagte es nicht. Sie fragte vielmehr und wollte nicht, dass es wehmütig klang: «Kommen Ihre Kinder Sie besuchen?»

«O ja. Sie hätten mich dieses Haus nicht kaufen lassen, bevor sie es gutgeheißen hatten.»

«Kommen sie auch für länger?»

«Einer meiner Söhne hat mir beim Umzug geholfen, aber jetzt ist er in Südamerika, ich vermute, ich werde ihn die nächsten Monate nicht sehen.»

«Und Weihnachten?»

«Oh, Weihnachten bin ich allein. Sie sind jetzt alle erwachsen, führen ihr eigenes Leben. Vielleicht überfallen sie ihren Vater, wenn sie eine Übernachtungsmöglichkeit suchen, ich weiß es nicht. Ich weiß es nie, habe es nie gewusst.» Sie lachte, nicht über ihre Kinder, sondern über ihre eigene Unwissenheit.

Ellen sagte: «Ich glaube nicht, dass Vicky

Weihnachten nach Hause kommt. Sie wird wohl zum Skilaufen in die Schweiz fahren.»

Falls sie Mitgefühl oder Bedauern erwartete, wurde es ihr nicht zuteil. «Oh, das macht Spaß. Weihnachten in der Schweiz ist herrlich. Wir waren einmal mit den Kindern dort, als sie noch klein waren, und Jonas hat sich das Bein gebrochen. Was fangen Sie mit sich an, wenn Sie nicht Ehefrau und Mutter sind?»

Die unverblümte Frage kam überraschend und war etwas verwirrend. «Ich … ich tue eigentlich nichts …», gestand Ellen.

«Das nehme ich Ihnen nicht ab. Sie sehen ungeheuer tüchtig aus.»

Das war ermutigend. «Hm … ich gärtnere. Und ich koche. Und ich bin in ein paar Komitees. Und ich nähe.»

«Meine Güte, wie geschickt Sie sind, daß Sie sogar nähen können! Ich kann nicht mal eine Nadel einfädeln. Sie brauchen sich nur meine Schonbezüge anzusehen. Sie müssen alle geflickt werden … nein, flicken lohnt sich nicht mehr. Am besten kaufe ich Chintz und lasse neue Bezüge machen. Nähen Sie sich Ihre Kleider selbst?»

«Nein, Kleider nicht. Aber Vorhänge und

so.» Sie zögerte einen Moment, dann sagte sie hastig: «Wenn Sie wollen, kann ich Ihre Bezüge flicken. Ich mache es gerne für Sie.»

«Und neue? Könnten Sie auch neue machen?»

«Ja.»

«Mit Paspeln und allem?»

«Ja.»

«Wollen Sie das tun? Als Auftrag, meine ich. Nach Weihnachten, wenn Sie nicht mehr so viel zu tun haben?»

«Aber ...»

«Oh, sagen Sie ja. Es ist mir egal, was Sie berechnen. Wenn ich das nächste Mal nach London komme, kann ich bei Liberty's den allerschönsten Morris-Chintz kaufen.» Ellen konnte sie nur anstarren. Ruth sah leicht zerknirscht drein. «Oh, jetzt habe ich Sie gekränkt.» Sie versuchte es noch einmal, schmeichelnd. «Sie können das Geld jederzeit der Kirche spenden und es als gutes Werk abschreiben.»

«Darum geht es nicht!»

«Warum machen Sie dann so ein verblüfftes Gesicht?»

«Weil ich verblüfft *bin*. Weil dies genau die Beschäftigung ist, an die ich gedacht hatte. Professionell, meine ich. Schonbezüge und Vorhänge nähen und dergleichen. Polstern. Voriges Jahr habe ich es in einem Abendkurs gelernt. Und jetzt, da Vicky in London und James den ganzen Tag weg ist … Ich habe einen idealen Speicher im Haus, ganz hell und warm. Und ich habe eine Nähmaschine. Ich müsste nur noch einen großen Tisch kaufen …»

«Ich habe vorige Woche auf einer Versteigerung einen gesehen. Einen alten Wäschereitisch …»

«Aber leider scheint James – mein Mann – es nicht für eine gute Idee zu halten.»

«Ach, Ehemänner sind notorisch unbegabt dafür, etwas für eine gute Idee zu halten.»

«Er meint, ich würde das Geschäftliche nicht bewältigen. Die Einkommensteuer und die Rechnungen und die Mehrwertsteuer. Und er hat recht», schloß Ellen betrübt, «denn er weiß, dass ich nicht mal zwei und zwei zusammenzählen kann.»

«Nehmen Sie sich einen Steuerberater.»

«Einen *Steuerberater*?»

«Sagen Sie nicht ‹Steuerberater›, als wäre es etwas Unanständiges. Sie machen ein Gesicht, als hätte ich Ihnen geraten, Sie sollten sich einen Liebhaber zulegen. Natürlich einen Steuerberater, der macht die Jahresabrechnung für Sie. Kein Aber mehr. Ihre Idee ist einfach glänzend.»

«Und wenn ich keine Arbeit bekomme?»

«Sie werden mehr Arbeit bekommen, als Sie bewältigen können.»

«Das ist ja noch schlimmer.»

«Überhaupt nicht. Sie stellen einige nette Damen aus dem Dorf ein, die Ihnen zur Hand gehen. Sie schaffen Arbeitsplätze. Es wird immer besser. Ehe Sie wissen, wie Ihnen geschieht, betreiben Sie ein richtiges kleines Geschäft.»

Ein richtiges kleines Geschäft. Etwas Kreatives tun, Arbeitsplätze schaffen. Vielleicht Geld verdienen wie Cynthia. Sie dachte darüber nach. Nach einer Weile meinte sie: «Ich weiß nicht, ob ich den Mut dazu habe.»

«Natürlich haben Sie den Mut. Und Ihren ersten Auftrag haben Sie schon. Von mir.»

«Aber James. Ich … angenommen, er ist dagegen?»

«Dagegen? Er wird restlos begeistert sein. Und was Ihre Tochter angeht, es wäre das Beste, was Sie für sie tun können. Es ist nicht leicht für Kinder, das Nest zu verlassen, vor allem für

Einzelkinder. Wenn Sie beschäftigt und glücklich sind, braucht sie sich nicht von Gewissensbissen plagen zu lassen. Es wird Ihre Beziehung zu ihr von Grund auf ändern. Nur zu! Sie hatten vermutlich nie die Möglichkeit, etwas Eigenständiges zu tun, und nun bietet sich Ihnen die Gelegenheit. Ergreifen Sie sie mit beiden Händen, Ellen.»

Ellen sah sie an, hörte ihr zu, und plötzlich fing sie an zu lachen. Ruth runzelte die Stirn. «Warum lachen Sie?»

«Mir ist gerade klar geworden, warum Sie so viel Erfolg im Fernsehen haben.»

«Ich weiß, wie Sie darauf gekommen sind, weil ich nämlich wieder in meinen Predigtton verfallen bin, wie meine Kinder das nennen. Cosmo nannte mich immer eine unbändige Feministin, und vielleicht bin ich das. Vielleicht bin ich es immer gewesen. Ich weiß nur, der wichtigste Mensch auf der Welt ist man selbst. Du bist der Mensch, mit dem du leben musst. Du bist dein eigener Umgang, dein Stolz. Selbstsicherheit hat nichts mit Selbstsucht zu tun ... es ist einfach ein Brunnen, der nicht austrocknet bis zu dem Tag, an dem man stirbt und ihn nicht mehr braucht.»

Ellen war seltsam bewegt, und ihr fiel keine Erwiderung ein. Ruth wandte den Kopf, blickte in den Feuerschein. Ellen sah die Falten um ihre Augen, den großzügigen Schwung ihres Mundes, die glatten grauen Haare. Nicht jung, aber schön; erfahren, verletzt vielleicht – vermutlich manchmal erschöpft –, aber nie unterlegen. Im mittleren Alter hat sie für sich allein ein neues Leben angefangen, guten Mutes und ohne Groll. Mit James' Unterstützung könnte es doch nicht allzu schwer sein, ihrem Beispiel zu folgen?

Schließlich war es Zeit, nach Hause zu gehen. Ellen stand auf, zog ihren Mantel an und nahm den leeren Korb. Ruth öffnete die Tür, und sie traten zusammen in den vereisten Garten hinaus.

Ellen sagte: «Sie haben einen Maulbeerbaum. Der wird Ihnen im Sommer Schatten spenden.»

«Ich kann mir den Sommer gar nicht vorstellen.»

«Wenn ... wenn Sie Weihnachten allein sind, wollen Sie nicht zu uns kommen und den Tag mit James und mir verbringen? Er ist wirklich sehr nett, nicht so spießig, wie es sich vielleicht angehört hat, als ich von ihm sprach.»

«Das ist sehr liebenswürdig. Ich komme gern.»

«Dann ist es abgemacht. Danke für den Kaffee.»

«Danke für das Vorweihnachtsgeschenk.»

«Sie haben mir auch ein Vorweihnachtsgeschenk gemacht.»

«So?»

«Sie haben mir Mut gemacht.»

Ruth lächelte. «Dafür», sagte sie, «sind Freunde da.»

Ellen ging langsam nach Hause, schwenkte den leeren Korb, und ihr Kopf surrte von Plänen. Als sie die Tür aufmachte und in die Küche ging, klingelte das Telefon, und mit noch behandschuhter Hand nahm sie den Hörer ab.

«Hallo.»

«Mami, hier ist Vicky. Tut mir Leid, dass ich mich nicht eher gemeldet habe, aber ich ruf bloß an, um dir zu sagen, dass es mit der Schweiz klappt. Hoffentlich macht es dir nichts aus, aber es ist eine himmlische Gelegenheit, und ich war noch nie Ski laufen, und ich dachte, vielleicht kann ich Silvester nach Hause kommen. Ist es sehr schlimm für dich? Findest du mich schrecklich egoistisch?»

«Natürlich nicht.» Und es stimmte. Sie fand Vicky nicht egoistisch. Sie tat, was sie tun sollte, ihre eigenen Entscheidungen treffen, sich amüsieren, neue Freunde gewinnen. «Es ist eine großartige Gelegenheit, und du musst sie mit beiden Händen ergreifen.» *(Ergreifen Sie sie mit beiden Händen, Ellen.)*

«Du bist ein Engel. Und du und Daddy werdet nicht einsam sein, wenn ihr allein seid?»

«Ich habe für Weihnachten schon Besuch eingeladen.»

«Oh, prima. Ich hatte schon gedacht, ihr würdet Trübsal blasen und ein Kotelett essen und keinen Weihnachtsbaum haben.»

«Dann hast du falsch gedacht. Ich schicke heute Nachmittag deine Geschenke ab.»

«Und ich schicke euch meine. Du bist ein Schatz, dass du so verständnisvoll bist.»

«Schreib eine Postkarte.»

«Na klar, mach ich. Ich versprech's. Und Mami …»

«Ja, Liebling?»

«Frohe Weihnachten.»

Ellen legte auf. Dann ging sie, noch im Mantel, die Treppe hinauf, an Vickys Zimmer vorbei und zum Speicher hoch. Da war er, der Geruch nach Holz und Kampfer. Da waren sie, die breiten Fenster und das große Oberlicht. Dort würde ihr Tisch stehen, hier das Bügelbrett, hier ihre Nähmaschine. Hier würde sie zuschneiden, heften und nähen. Im Geiste sah sie die Ballen mit Leinen und Chintz, Litzen für Vorhänge, Rollen mit Samt. Sie würde sich einen Namen machen – Ellen Parry. Sich ihr Leben gestalten. Ein richtiges kleines Geschäft.

Sie hätte den ganzen Tag so stehen mögen, in Pläne vertieft, sich zufrieden beglückwünschend, wäre ihr Blick nicht plötzlich auf den Karton mit dem Christbaumschmuck gefallen.

Weihnachten. Keine zwei Wochen mehr und noch so viel zu tun. Die Apfelpasteten, die Karten, die Geschenke abschicken, den Baum bestellen. Sie hatte, erinnerte sie sich schuldbewusst, nicht einmal das Frühstücksgeschirr gespült. Aus der Zukunft in die noch aufregendere Gegenwart katapultiert, durchquerte sie den leeren Speicher, hob den Karton auf die Arme und trug die kostbare Last überaus vorsichtig die Treppe hinunter.

Miss Camerons Weihnachtsfest

Die kleine Stadt Kilmoran hatte viele Gesichter, und für Miss Cameron waren sie alle schön. Im Frühling war das Wasser der Förde indigoblau gefärbt; landeinwärts tummelten sich Lämmer auf den Feldern, und in den Gärten wogten gelbe Narzissen. Der Sommer brachte die Besucher; Familien kampierten am Strand und schwammen in den flachen Wellen; der Eiswagen parkte am Wellenbrecher, der alte Mann mit dem Esel ließ die Kinder reiten. Und dann, gegen Mitte September, verschwanden die Besucher, die Ferienhäuser wurden dichtgemacht, ihre Fenster mit den geschlossenen Läden starrten blind über das Wasser zu den Hügeln am fernen Ufer. Überall auf dem Land brummten die Mähdrescher, und wenn die ersten Blätter von den Bäumen fielen und die stürmischen Herbstfluten das Meer bis an die Krone der Mauer unterhalb von Miss Camerons Garten steigen ließen, kamen die ersten Wildgänse von Norden geflogen. Nach den Gänsen hatte Miss Cameron jedes Mal das Gefühl, nun sei der Winter eingekehrt.

Und das war, dachte sie im Stillen, vielleicht die allerschönste Zeit. Ihr Haus sah nach Süden über die Förde; und war es auch oft dunkel, windig und regnerisch, wenn sie aufwachte, so war der Himmel doch manchmal auch klar und wolkenlos, und an solchen Morgen lag sie im Bett und beobachtete, wie die Sonne über den Horizont kletterte und das Schlafzimmer mit rosigem Licht durchflutete. Es blinkte auf dem Messinggestell des Bettes und wurde von dem Spiegel über dem Toilettentisch reflektiert.

Heute war der 24. Dezember, und was für ein Morgen! Und morgen Weihnachten. Sie lebte allein und würde den morgigen Tag allein verbringen. Es machte ihr nichts aus. Sie und ihr Haus würden sich gegenseitig Gesellschaft leisten. Sie stand auf und schloss das Fenster. Die fernen Lammermuir-Hügel waren mit Schnee überzuckert, und auf der Mauer am Ende des Gartens saß eine Möwe kreischend über einem Stück verfaultem Fisch. Plötzlich breitete sie die Schwingen aus und flog davon. Das Sonnenlicht fing sich in dem weißen Gefieder und verwandelte die Möwe in einen zauberhaften rosa Vogel, so schön, dass Miss Cameron vor Freude und Aufregung das Herz schwoll. Sie beobachtete den Flug der Möwe, bis sie außer Sicht segelte, dann zog sie ihre Pantoffeln an und ging hinunter, um Wasser für ihren Tee aufzusetzen.

Miss Cameron war achtundfünfzig. Bis vor zwei Jahren hatte sie in Edinburgh gelebt, in dem großen, kalten, nach Norden gelegenen Haus, wo sie geboren und aufgewachsen war. Sie war ein Einzelkind gewesen, ihre Eltern waren um so vieles älter als sie, dass sie, als sie zwanzig war, bereits als betagt gelten konnten. Deswegen war es schwierig, wenn nicht unmöglich, von zu Hause wegzugehen und ihr eigenes Leben zu leben. Irgendwie gelang ihr ein Kompromiss. Sie besuchte die Universität, aber in Edinburgh, und wohnte zu Hause. Danach arbeitete sie als Lehrerin, aber auch das tat sie an einer Schule am Ort, und als sie dreißig war, stand es außer Frage, die zwei alten Leute im Stich zu lassen, denen – unglaublich, dachte Miss Cameron oft – sie ihr Dasein verdankte.

Als sie vierzig war, hatte ihre Mutter, die nie sehr kräftig gewesen war, einen leichten Herzanfall. Sie lag einen Monat kraftlos im Bett, dann starb sie. Nach dem Begräbnis kehrten Miss Cameron und ihr Vater in das große, düstere Haus zurück. Er ging nach oben und setzte sich verdrießlich ans Feuer, und sie ging in die Küche und machte Tee. Die Küche lag im Souterrain, und das Fenster war vergittert, um eventuelle Eindringlinge abzuschrecken. Während Miss Cameron wartete, dass das Wasser kochte, sah sie durch die Gitterstäbe auf das kleine Steingärtchen. Sie hatte versucht, dort Geranien zu ziehen, aber sie waren alle verwelkt, und nun war dort nichts zu sehen als ein hartnäckiger Weidenröschenspross. Die Gitter ließen die Küche wie ein Gefängnis anmuten. Das war ihr früher nie in den Sinn gekommen, aber jetzt kam es ihr in den Sinn, und sie wusste, dass es stimmte. Sie würde niemals fortkommen.

Ihr Vater lebte noch fünfzehn Jahre, und sie unterrichtete weiter, bis er zu schwach wurde, um allein gelassen zu werden, und sei es nur für einen Tag. Da gab sie pflichtschuldig ihre Arbeit auf, die sie nicht gerade glücklich gemacht, aber zumindest ausgefüllt hatte, und blieb zu Hause, um ihre Zeit dem Lebensabend ihres Vaters zu widmen. Sie besaß kaum eigenes Geld und nahm an, dass der alte Mann so wenig hatte wie sie selbst, so spärlich war das Haushaltsgeld, so knickrig war er mit Dingen wie Kohlen und Zentralheizung und selbst den bescheidensten Vergnügungen.

Er besaß ein altes Auto, das Miss Cameron fahren konnte, und an warmen Tagen packte sie ihn manchmal hinein, und dann saß er neben ihr, in seinem grauen Tweedanzug und mit dem schwarzen Hut, mit dem er wie ein Leichenbestatter aussah, während sie ihn ans Meer oder aufs Land chauffierte oder gar zum Holyrood-Park, wo er wankend einen kleinen Spaziergang machen oder unter den grasbewachsenen Hängen von Arthur's Seat in der Sonne sitzen konnte. Dann aber schossen die Benzinpreise in die Höhe, und ohne sich mit seiner Tochter zu besprechen, verkaufte Mr. Cameron das Auto, und sie besaß nicht genug eigenes Geld, um ein neues zu kaufen.

Sie hatte eine Freundin, Dorothy Laurie, mit der sie studiert hatte. Dorothy hatte geheiratet – während Miss Cameron ledig geblieben war –, einen jungen Arzt, der mittlerweile ein ungeheuer erfolgreicher Neurologe war und mit dem sie eine Familie mit wohlgeratenen Kindern gegründet hatte, die jetzt alle erwachsen waren. Dorothy entrüstete sich unaufhörlich über Miss Camerons Situation. Sie fand, Miss Camerons Eltern seien selbstsüchtig und gedankenlos gewesen und der alte Herr werde immer schlimmer, je älter er werde. Als das Auto verkauft wurde, platzte ihr der Kragen.

«Lächerlich», sagte sie beim Tee in ihrem sonnigen, mit Blumen gefüllten Wohnzimmer. Miss Cameron hatte ihre Putzfrau bewogen, den Nachmittag über zu bleiben, um Mr. Cameron seinen Tee zu servieren und aufzupassen, dass er auf dem Weg zur Toilette nicht die Treppe hinunterfiel. «So knauserig kann er nicht sein. Er wird sich doch bestimmt einen Wagen leisten können, wenn schon nicht um seinetwillen, dann wenigstens dir zuliebe?»

Miss Cameron mochte ihr nicht erzählen, dass er nie an jemand anderen gedacht hatte als an sich selbst. Sie sagte: «Ich weiß nicht.»

«Dann solltest du es herausfinden. Sprich mit seinem Steuerberater. Oder mit seinem Anwalt.»

«Dorothy, das kann ich nicht. Das wäre ja, als würde ich ihn hintergehen.» Dorothy machte ein Geräusch, das sich anhörte wie dieses «Paah», das die Leute in altmodischen Romanen zu sagen pflegten.

«Ich möchte ihn nicht aufregen», fuhr Miss Cameron fort.

«Würde ihm aber mal gut tun, sich aufzuregen. Hätte er sich ein-, zweimal in seinem Leben aufgeregt, wäre er jetzt nicht so ein egoistischer alter …» Sie schluckte herunter, was sie hatte sagen wollen, und ersetzte es durch «… Mann.»

«Er ist einsam.»

«Natürlich ist er einsam. Egoistische Menschen sind immer einsam. Daran ist niemand schuld außer er selber. Jahrelang hat er im Sessel gesessen und sich selbst bedauert.»

Es war zu wahr, um darüber zu streiten. «Na ja», sagte Miss Cameron, «da ist nichts zu machen. Er ist fast neunzig. Es ist zu spät, ihn ändern zu wollen.»

«Ja, aber es ist nicht zu spät, dass du dich änderst. Du darfst nicht zulassen, dass du mit ihm alt wirst. Du musst einen Teil deines Lebens für dich behalten.»

Schließlich starb er, schmerzlos und friedvoll. Nach einem ruhigen Abend und einer ausgezeichneten Mahlzeit, die seine Tochter ihm gekocht hatte, schlief er ein und wachte nicht wieder auf. Miss Cameron war froh für ihn, dass sein Ende so still gekommen war. Erstaunlich viele Leute nahmen an der Beerdigung teil. Ein paar Tage später wurde Miss Cameron in die Kanzlei des Rechtsanwalts ihres Vaters bestellt. Sie ging hin, mit einem schwarzen Hut und in nervöser, gespannter Verfassung. Dann aber kam alles ganz anders, als sie gedacht hatte. Mr. Cameron, dieser gerissene alte Schotte, hatte sich nie in die Karten schauen lassen. Die Pfennigfuchserei, die jahrelange Enthaltsamkeit, sie waren ein riesengroßer, phantastischer Bluff gewesen. In seinem Testament vermachte er seiner Tochter das Haus, seine irdischen Besitztümer und mehr Geld, als sie sich je erträumt hatte. Höflich und äusserlich gefasst wie stets verließ sie die Anwaltskanzlei und trat auf dem Charlotte Square in den Sonnenschein hinaus. Eine Fahne flatterte hoch über den Festungswällen des Schlosses, und die Luft war kalt und frisch. Miss Cameron ging zu Jenners, eine Tasse Kaffee trinken, dann besuchte sie Dorothy.

Als Dorothy die Neuigkeit vernahm, war sie – typisch für sie – hin und her gerissen zwischen Wut auf die Hinterlist und Falschheit des alten Mr. Cameron und Begeisterung über das Glück ihrer Freundin. «Du kannst dir ein Auto kaufen», sagte sie zu ihr. «Du kannst reisen. Du kannst dir einen Pelzmantel anschaffen, Kreuzfahrten machen. Alles. Was wirst du tun? Was wirst du mit dem Rest deines Lebens anfangen?»

«Hm», meinte Miss Cameron vorsichtig, «ich werde mir einen kleinen Wagen kaufen.» An die Vorstellung, frei, beweglich zu sein, ohne auf einen anderen Menschen Rücksicht zu nehmen, musste sie sich erst langsam gewöhnen.

«Und reisen?»

Aber Miss Cameron hatte keine große Lust

zu reisen, außer dass sie eines Tages nach Oberammergau wollte, um die Passionsspiele zu sehen. Und sie wollte keine Kreuzfahrten machen. Eigentlich wünschte sie sich nur eines, hatte sie sich ihr Leben lang nur eines gewünscht. Und jetzt konnte sie es haben.

Sie sagte: «Ich verkaufe das Haus in Edinburgh. Und kaufe ein anderes.»

«Wo?»

Sie wußte genau, wo. Kilmoran. Sie hatte dort einen Sommer verbracht, als sie zehn war, auf Einladung der liebenswürdigen Eltern einer Schulfreundin. Es waren derart glückliche Ferien gewesen, daß Miss Cameron sie nie vergessen hatte.

Sie sagte: «Ich ziehe nach Kilmoran.»

«Kilmoran? Aber das ist ja bloß über die Förde ...»

Miss Cameron lächelte sie an. Es war ein Lächeln, wie es Dorothy noch nie gesehen hatte, und es ließ sie verstummen.

«Dort werde ich ein Haus kaufen.»

Und sie machte es wahr. Ein Reihenhaus mit Blick aufs Meer. Von hinten, der Nordseite, wirkte es unansehnlich und langweilig; es hatte quadratische Fenster, und die Haustür lag direkt am Bürgersteig. Aber drinnen war es schön, die Diele war mit Schieferplatten belegt, und eine geschweifte Treppe führte ins obere Stockwerk. Das Wohnzimmer lag oben, es hatte ein Erkerfenster, und vor dem Haus war ein Garten, zum Schutz vor dem Seewind ummauert. Hinter dem großen Tor in der Mauer führte eine Steintreppe über die Kaimauer an den Strand. Im Sommer liefen Kinder auf der Kaimauer entlang, sie schrien und lärmten, aber Miss Cameron machte dieser Lärm nichts aus, ebenso wenig wie die Geräusche der Wellen oder der Möwen oder der ewigen Winde.

Es gab viel zu tun an dem Haus und viel aufzuwenden, aber mit einer gewissen mäuschenhaften Courage tat sie beides. Sie ließ eine Zentralheizung und doppelte Fensterscheiben installieren. Die Küche wurde mit Kiefernschränken neu eingerichtet, und hellgrüne Badezimmerfliesen ersetzten die alten, angeschlagenen weißen. Die hübschesten und kleinsten Möbelstücke aus dem alten Edinburgher Haus wurden ausgesucht und mit einem großen Lastwagen nach Kilmoran verfrachtet, zusammen mit dem Porzellan, dem

Silber, den vertrauten Bildern. Aber sie kaufte neue Teppiche und Vorhänge und ließ die Wände neu tapezieren und die Holzbalken strahlend weiß streichen.

Was den Garten anging – sie hatte nie einen Garten besessen. Jetzt kaufte sie Bücher und studierte sie abends im Bett, und sie pflanzte Steinbrech und Ehrenpreis, Thymian und Lavendel, und sie kaufte einen kleinen Rasenmäher und mähte eigenhändig das raue, büschelige Gras.

Über den Garten lernte sie zwangsläufig ihre Nachbarn kennen. Rechter Hand wohnten Mitchells, ein älteres Rentnerehepaar. Sie plauderten über die Gartenmauer hinweg, und eines Tages lud Mrs. Mitchell Miss Cameron zum Abendessen und zum Bridgespiel ein. Behutsam wurden sie und Miss Cameron Freunde, aber es waren altmodische, förmliche Leute. Sie boten Miss Cameron nicht an, sich gegenseitig beim Vornamen zu nennen, und sie war zu schüchtern, es von sich aus vorzuschlagen. Als sie darüber nachsann, wurde ihr klar, daß Dorothy jetzt der einzige Mensch war, der ihren Vornamen kannte. Es war traurig, wenn die Leute nicht mehr merkten, dass man einen Vornamen hatte. Es bedeutete, dass man langsam alt wurde.

Die Nachbarn zur Linken waren jedoch aus ganz anderem Holz geschnitzt. Sie bewohnten ihr Haus nicht dauernd, sondern benutzten es nur an Wochenenden und in den Ferien.

«Sie heißen Ashley», hatte Mrs. Mitchell am Abendbrottisch erklärt, als Miss Cameron ein paar diskrete Fragen über das verriegelte Haus mit den geschlossenen Fensterläden auf der anderen Seite ihres Gartens stellte. «Er ist Architekt, hat in Edinburgh ein Büro. Es wundert mich, daß Sie nicht von ihm gehört haben, wo Sie doch Ihr ganzes Leben dort verbracht haben. Ambrose Ashley. Er hat eine um viele Jahre jüngere Frau geheiratet, sie war Malerin, glaube ich, und sie haben eine Tochter. Scheint ein nettes Mädchen zu sein … Nehmen Sie doch noch Quiche, Miss Cameron, oder etwas Salat?»

Es war Ostern, als die Ashleys auftauchten. Der Karfreitag war kalt und strahlend, und als Miss Cameron in den Garten ging, hörte sie über die Mauer hinweg Stimmen, und sie blickte zum Haus hinüber. Läden und Fenster waren offen. Ein rosa Vorhang flatterte im

Wind. Eine junge Frau erschien an einem Fenster im oberen Stockwerk, und eine Sekunde lang sahen sie und Miss Cameron sich ins Gesicht. Miss Cameron wurde verlegen. Sie machte kehrt und eilte ins Haus. Wie schrecklich, wenn sie dächten, dass ich spioniere.

Später jedoch, beim Unkrautjäten, hörte sie ihren Namen, und da war die junge Frau wieder und sah sie über die Mauer hinweg an. Sie hatte ein rundes, sommersprossiges Gesicht, dunkelbraune Augen und rötliche Haare, üppig, dicht und windzerzaust.

Miss Cameron erhob sich von den Knien und überquerte den Rasen. Unterwegs zog sie die Gartenhandschuhe aus.

«Ich bin Frances Ashley …» Sie gaben sich über die Mauer die Hand. Aus der Nähe stellte Miss Cameron fest, dass sie nicht so jung war, wie sie ihr anfangs erschien. Sie hatte feine Fältchen um Augen und Mund, und die flammenden Haare waren vielleicht nicht ganz natürlich, aber ihr Gesichtsausdruck war so offen, und sie strahlte eine solche Vitalität aus, dass Miss Cameron ihre Schüchternheit ein wenig überwand und sich alsbald ganz unbefangen fühlte.

Die dunklen Augen schweiften über Miss Camerons Garten. «Meine Güte, müssen Sie geschuftet haben. Alles ist jetzt so hübsch und gepflegt. Haben Sie Sonntag etwas vor? Ostersonntag? Wir wollen nämlich im Garten grillen, wenn es nicht in Strömen gießt. Kommen Sie doch auch, falls Sie nichts gegen ein Picknick haben.»

«Oh. Sehr liebenswürdig.» Miss Cameron war noch nie auf ein Grillfest eingeladen worden. «Ich ... ich denke, ich komme sehr gerne.»

«Gegen Viertel vor eins. Sie können über die Kaimauer kommen.»

«Ich freue mich sehr darauf.»

An den folgenden Tagen stellte sie fest, dass das Leben, wenn die Ashleys nebenan wohnten, ganz anders war als ohne sie. Zum einen war es viel lauter, aber es war ein angenehmer Lärm. Rufende Stimmen, Gelächter und Musik, die durch die offenen Fenster schwebte. Miss Cameron, die sich auf «Hard Rock» oder wie immer das hieß, gefasst gemacht hatte, erkannte Vivaldi, und Freude erfüllte sie. Sie erhaschte ab und zu einen Blick auf die übrigen Mitglieder der kleinen Familie. Der Vater, sehr groß und schlank und vornehm, mit silbernen Haaren, und die Tochter, die so rothaarig war wie ihre Mutter und deren Beine in den verblichenen Jeans endlos lang aussahen. Sie hatten auch Freunde bei sich wohnen (Miss Cameron fragte sich, wie sie die alle unterbrachten), und nachmittags ergossen sich alle in den Garten und bevölkerten den Strand. Sie spielten alberne Ballspiele, und Mutter und Tochter mit den roten Haaren sahen aus wie Schwestern, wenn sie barfuß über den Sand sausten.

Der Ostersonntag war hell und sonnig, obwohl ein scharfer, kalter Wind ging und auf dem Kamm der Lammermuir-Hügel noch Schneereste zu sehen waren. Miss Cameron ging zur Kirche, und als sie nach Hause kam, vertauschte sie Sonntagsmantel und -rock mit Sachen, die sich besser für ein Picknick eigneten. Eine lange Hose hatte sie nie besessen, aber sie fand einen bequemen Rock, einen warmen Pullover und einen winddichten Anorak. Sie schloss ihre Haustür ab, ging durch den Garten an der Kaimauer entlang und durch das Tor in den Garten der Ashleys. Rauch blies von dem frisch angezündeten Grillfeuer herüber, und auf dem kleinen Rasen drängten sich schon

Menschen jeden Alters; manche saßen auf Gartenstühlen oder lagerten auf Decken. Alle waren sehr ausgelassen und benahmen sich, als würden sie sich gut kennen, und eine Sekunde lang wurde Miss Cameron von Schüchternheit übermannt und wünschte, sie wäre nicht gekommen. Dann aber stand plötzlich Ambrose Ashley neben ihr, eine Röstgabel mit einem aufgespießten verbrannten Würstchen in der Hand.

«Miss Cameron. Wie schön, Sie kennen zu lernen! Nett von Ihnen, daß Sie gekommen sind. Frohe Ostern. Kommen Sie, Sie müssen die Leute kennen lernen. Frances! Miss Cameron ist da. Wir haben die Mitchells auch eingeladen, aber sie sind noch nicht hier. Frances, wie können wir den Rauch abstellen? Dieses Würstchen kann ich höchstens einem Hund anbieten.»

Frances lachte. «Dann such dir einen Hund und gib's ihm, und dann fang noch mal von vorne an ...», und plötzlich lachte Miss Cameron auch, weil er so herrlich komisch aussah mit seinem offenen Gesicht und dem verbrannten Würstchen. Dann bot ihr jemand einen Stuhl an, und jemand anders gab ihr ein Glas Wein. Sie setzte gerade dazu an, diesem Jemand zu sagen, wer sie war und wo sie wohnte, als sie unterbrochen und ihr ein Teller mit Essen gereicht wurde. Sie blickte auf, in das Gesicht der Ashley-Tochter. Die dunklen Augen hatte sie von ihrer Mutter, aber das Lächeln war das aufmunternde Grinsen ihres Vaters. Sie konnte nicht älter als zwölf sein, aber Miss Cameron, die während ihrer Jahre als Lehrerin unzählige Mädchen hatte heranwachsen sehen, erkannte auf Anhieb, dass dieses Kind eine Schönheit werden würde.

«Möchten Sie was essen?»

«Liebend gerne.» Sie sah sich nach etwas um, wo sie ihr Glas abstellen könnte, dann stellte sie es ins Gras. Sie nahm den Teller, die Papierserviette, Messer und Gabel. «Danke. Ich weiß gar nicht, wie du heißt.»

«Ich bin Bryony. Dieses Steak ist in der Mitte rosig gebraten, hoffentlich mögen Sie es so.»

«Köstlich», sagte Miss Cameron, die ihre Steaks gerne gut durchgebraten mochte.

«Und auf der gebackenen Kartoffel ist Butter. Ich hab sie draufgetan, damit Sie nicht aufstehen müssen.» Sie lächelte und verschwand, um ihrer Mutter zu helfen.

Miss Cameron, bemüht, mit Messer und Gabel zu balancieren, wandte sich wieder an ihren Nachbarn. «So ein hübsches Kind.»

«Ja, sie ist ein Schatz. Jetzt hole ich Ihnen noch ein Glas Wein, und dann müssen Sie mir alles über Ihr faszinierendes Haus erzählen.»

Es war eine herrliche Party, und sie war nicht vor sechs Uhr zu Ende. Als es Zeit zu gehen war, war die Flut so hoch, daß Miss Cameron keine Lust hatte, an der Kaimauer entlang zu gehen, und sie kehrte auf dem üblichen Weg nach Hause zurück, via Haustüren und Bürgersteig. Ambrose Ashley begleitete sie. Als sie ihre Tür aufgeschlossen hatte, dankte sie ihm.

«So eine reizende Party. Es hat mir gefallen. Ich komme mir ganz bohemienhaft vor, so viel Wein am hellichten Tag. Und wenn Sie das nächste Mal hier sind, hoffe ich, daß Sie alle zu mir zum Essen kommen. Vielleicht mittags.»

«Herzlich gerne, aber jetzt werden wir erst mal eine ganze Weile nicht hier sein. Ich habe einen Lehrauftrag an einer Universität in Texas. Wir gehen im Juli rüber, machen zuerst ein bisschen Urlaub, und im Herbst fange ich zu arbeiten an. Bryony kommt mit. Sie wird in den USA zur Schule gehen.»

«Ein wunderbares Erlebnis für Sie alle!»

Er lächelte sie an, und sie sagte: «Ich werde Sie vermissen.»

Das Jahr verging. Nach dem Frühling kam der Sommer, der Herbst, der Winter. Es stürmte, und der Steinbrech der Ashleys wurde von der Mauer geweht, weshalb Miss Cameron mit Gärtnerdraht und Drahtschere nach nebenan ging und ihn festband. Es wurde wieder Ostern, es wurde Sommer, aber die Ashleys erschienen noch immer nicht. Erst Ende August kamen sie zurück. Miss Cameron war einkaufen gewesen und hatte in der Bücherei ihr Buch umgetauscht. Sie bog am Ende der Straße um die Ecke und sah das Auto der Ashleys vor der Tür stehen, und lächerlicherweise tat ihr Herz einen Sprung. Sie trat ins Haus, stellte ihren Korb auf den Küchentisch und ging geradewegs in den Garten. Und dort, jenseits der Mauer, war Mr. Ashley und versuchte, das raue, wuchernde Gras mit einer Sense zu mähen. Er blickte auf, sah sie und hielt mitten im Schwung inne. «Miss Cameron.» Er legte die Sense hin, kam herüber und gab ihr die Hand.

«Sie sind wieder da.» Sie konnte ihre Freude kaum zurückhalten.

«Ja. Wir sind länger geblieben, als wir vorhatten. Wir haben so viele Freunde gewonnen, und es gab so viel zu sehen und zu tun. Es war für uns alle ein wunderbares Erlebnis. Aber jetzt sind wir wieder in Edinburgh, und der Alltag hat mich wieder.»

«Wie lange bleiben Sie hier.»

«Leider nur ein paar Tage. Ich werde die ganze Zeit brauchen, um dem Gras beizukommen …»

Aber Miss Camerons Aufmerksamkeit wurde durch eine Bewegung beim Haus abgelenkt. Die Tür ging auf, und Frances Ashley kam heraus und die Treppe herunter auf sie zu. Nach sekundenlangem Zögern lächelte Miss Cameron und sagte: «Schön, dass Sie zurück sind. Ich freue mich so, Sie beide wieder zu sehen.»

Sie hoffte sehr, dass sie das Zögern nicht bemerkt hatten. Sie wollte auf gar keinen Fall, dass sie auch nur ahnten, wie erschrocken und erstaunt sie gewesen war. Denn Frances Ashley war wundersamerweise sichtlich schwanger aus Amerika zurückgekehrt.

«Sie bekommt noch ein Baby», sagte Mrs. Mitchell. «Nach so langer Zeit. Sie bekommt noch ein Baby.»

«Es gibt keinen Grund, weswegen sie nicht noch ein Baby bekommen sollte», sagte Miss Cameron matt. «Ich meine, wenn sie es will.»

«Aber Bryony muss jetzt vierzehn sein.»

«Das spielt keine Rolle.»

«Nein, es spielt keine Rolle … es ist nur … nun ja, ziemlich ungewöhnlich.»

Die zwei Damen verbrachten einen Moment in einmütigem Schweigen.

Nach einer Weile meinte Mrs. Mitchell vorsichtig: «Sie ist schließlich nicht mehr die Jüngste.»

«Sie sieht sehr jung aus», sagte Miss Cameron.

«Ja, sie sieht jung aus, aber sie muss mindestens achtunddreißig sein. Sicher, das ist jung, wenn man in die Jahre kommt wie wir. Aber es ist nicht jung, wenn man ein Baby bekommt.»

Miss Cameron hatte nicht gewusst, dass Mrs. Ashley achtunddreißig war. Manchmal, wenn sie mit ihrer langbeinigen Tochter im Sand war, sahen sie gleich alt aus. Sie sagte: «Es wird bestimmt gut gehen», aber er klang selbst in ihren eigenen Ohren nicht recht überzeugt.

«Ja, sicher», sagte Mrs. Mitchell. Ihre Blicke trafen sich, dann sahen beide rasch weg.

Und jetzt war es mitten im Winter und wieder Weihnachten, und Miss Cameron war allein. Wenn die Mitchells hier gewesen wären, hätte sie sie vielleicht für morgen zum Mittagessen eingeladen, aber sie waren verreist, um die Feiertage bei ihrer verheirateten Tochter in Dorset zu verbringen. Ihr Haus stand leer. Das Haus der Ashleys dagegen war bewohnt. Sie waren vor ein paar Tagen aus Edinburgh gekommen, aber Miss Cameron hatte nicht mit ihnen gesprochen. Sie fand, dass sie es tun sollte, aber aus einem obskuren Grund war es im Winter schwerer, Kontakt zu knüpfen. Man konnte nicht lässig über die Gartenmauer hinweg plaudern, wenn die Leute drinnen blieben, beim Feuer und mit zugezogenen Vorhängen. Und sie war zu schüchtern, sich einen Anlass auszudenken, um an ihre Tür zu klopfen. Hätte sie sie besser gekannt, so würde sie ihnen Weihnachtsgeschenke gekauft haben, aber wenn sie dann nichts für sie hätten, könnte es peinlich werden. Zudem war da Mrs. Ashleys Schwangerschaft, die machte die Sache noch komplizierter. Gestern hatte Miss Cameron sie beim Wäschaufhängen erspäht, und es sah so aus, als könnte das Baby jeden Moment kommen.

Am Nachmittag unternahmen Mrs. Ashley und Bryony einen Spaziergang am Strand. Sie gingen langsam, rannten nicht um die Wette wie sonst. Mrs. Ashley trug Gummistiefel und zockelte müde, schwerfällig, als werde sie nicht nur von dem Gewicht des Babys niedergedrückt, sondern von allen Sorgen der Welt. Sogar ihre roten Haare schienen ihre Spannkraft verloren zu haben. Bryony verlangsamte ihren Schritt, um sich ihrer Mutter anzupassen, und als sie von ihrem kleinen Ausflug zurückkehrten, hielt sie ihre Mutter am Arm und stützte sie.

Ich darf nicht an sie denken, sagte sich Miss Cameron brüsk. Ich darf nicht zu einer alten Dame werden, die sich in alles einmischt, die ihre Nachbarn beobachtet und Geschichten über sie erfindet. Es geht mich nichts an.

Heiligabend. Zu Festtagsstimmung entschlossen, stellte Miss Cameron ihre Weihnachtskarten auf dem Kaminsims auf und füllte eine Schale mit Stechpalmenzweigen; sie holte Holzscheite herein und putzte das Haus, und am Nachmittag machte sie einen ausgedehnten Strandspaziergang. Als sie nach Hause kam, war es dunkel, ein seltsamer, bewölkter Abend, ein stürmischer Wind wehte von Westen. Sie zog die Vorhänge zu und machte Tee. Sie hatte sich gerade hingesetzt, die Knie nahe am flackernden Feuer, als das Telefon klingelte. Sie stand auf, nahm ab und hörte zu ihrer Verwunderung eine Männerstimme. Es war Ambrose Ashley von nebenan.

Er sagte: «Sie sind da.»

«Natürlich.»

«Ich komme rüber.»

Er legte auf. Eine Minute später läutete es an der Haustür, und sie ging aufmachen. Er stand auf dem Bürgersteig, aschfahl, fleischlos wie ein Skelett.

Sie fragte sogleich: «Was ist passiert?»

«Ich muss Frances nach Edinburgh ins Krankenhaus bringen.»

«Kommt das Baby?»

«Ich weiß nicht. Sie fühlt sich seit gestern nicht wohl. Ich mache mir Sorgen. Ich habe unseren Arzt angerufen, und er sagt, ich soll sie sofort hinbringen.»

«Wie kann ich helfen?»

«Deswegen bin ich hier. Könnten Sie herüberkommen und bei Bryony bleiben? Sie möchte mit uns fahren, aber ich möchte sie lieber nicht mitnehmen und will sie nicht allein lassen.»

«Selbstverständlich.» Trotz ihrer Besorgnis wurde es Miss Cameron ganz warm ums Herz. Sie brauchten ihre Hilfe. Sie waren zu ihr gekommen. «Aber ich finde, sie sollte lieber zu mir kommen. Es wäre womöglich leichter für sie.»

«Sie sind ein Engel.»

Er ging in sein Haus zurück. Gleich darauf kam er wieder heraus, den Arm um seine Frau gelegt. Sie gingen zum Auto, und er half ihr sachte hinein. Bryony folgte mit dem Koffer ihrer Mutter. Sie trug ihre Jeans und einen dicken weißen Pullover, und als sie sich ins Auto beugte, um ihre Mutter zu umarmen und ihr einen Kuss zu geben, spürte Miss Cameron einen Kloß in ihrer Kehle. Vierzehn, das wusste sie aus langjähriger Erfahrung, konnte ein unmögliches Alter sein. Alt genug, um zu begreifen, doch nicht alt genug, um praktische Hilfe zu leisten. Im Geiste sah sie Bryony und ihre Mutter zusammen über den Sand laufen, und sie fühlte tiefes Mitleid mit dem Kind.

Der Wagenschlag wurde geschlossen. Mr. Ashley gab seiner Tochter noch rasch einen Kuss. «Ich ruf an», sagte er zu ihnen beiden, dann setzte er sich hinters Lenkrad. Minuten später war das Auto verschwunden, das rote Rücklicht von der Dunkelheit verschluckt. Miss Cameron und Bryony standen allein auf dem Bürgersteig im Wind.

Bryony war gewachsen. Sie war jetzt fast so groß wie Miss Cameron, und sie war es, die als Erste sprach. «Haben Sie was dagegen, wenn ich mit Ihnen reinkomme?» Ihre Stimme war beherrscht, kühl.

Miss Cameron beschloss, es ihr gleichzutun. «Keineswegs», erwiderte sie.

«Ich schließe bloß das Haus ab und stelle ein Schutzgitter vors Feuer.»

«Tu das. Ich warte auf dich.»

Als sie kam, hatte Miss Cameron Holz nachgelegt, eine frische Kanne Tee gemacht, eine zweite Tasse nebst Untertasse aufgedeckt, dazu eine Packung Schokoladenplätzchen. Bryony setzte sich auf den Kaminvorleger, die Knie ans Kinn gezogen, die langen Finger um die Teetasse gelegt, als dürste sie nach Wärme.

Miss Cameron sagte: «Du musst versuchen,

dich nicht zu ängstigen. Ich bin sicher, dass alles gut geht.»

Bryony sagte: «Eigentlich hat sie das Baby gar nicht gewollt. Als es anfing, waren wir in Amerika, und sie meinte, sie wäre zu alt zum Kinderkriegen. Aber dann hat sie sich an den Gedanken gewöhnt und wurde ganz aufgeregt deswegen, und wir haben in New York Kleider und so gekauft. Aber letzten Monat wurde alles ganz anders. Sie scheint so müde und ... beinahe ängstlich.»

«Ich habe nie ein Kind gehabt», sagte Miss Cameron, «daher weiß ich nicht, wie einem dabei zumute ist. Aber ich kann mir vorstellen, es ist eine sehr empfindsame Zeit. Und man kann nichts dafür, wie man sich fühlt. Es hat keinen Sinn, wenn einem andere Leute sagen, man darf nicht deprimiert sein.»

«Sie sagt, sie ist zu alt. Sie ist fast vierzig.»

«Meine Mutter war vierzig, bevor ich auf die Welt kam. Ich war ihr erstes und einziges Kind. Und mir fehlt nichts, und meiner Mutter hat auch nichts gefehlt.»

Bryony blickte auf; diese Offenbarung weckte ihr Interesse. «Tatsächlich? Hat es Ihnen nichts ausgemacht, dass sie so alt war?»

Miss Cameron befand, dass die reine Wahrheit ausnahmsweise nicht angebracht war. «Nein, überhaupt nicht. Und bei eurem Baby wird es anders sein, weil du da bist. Ich kann mir nichts Schöneres denken, als eine Schwester zu haben, die vierzehn Jahre älter ist als man selbst. Ganz so, als hätte man die allerbeste Tante auf der Welt.»

«Das Schreckliche ist», sagte Bryony, «es würde mir nicht so viel ausmachen, wenn dem Baby was passiert. Aber ich könnte es nicht ertragen, wenn Mutter was zustieße.»

Miss Cameron klopfte ihr auf die Schulter. «Ihr wird nichts passieren. Denk nicht daran. Die Ärzte werden alles für sie tun.» Es schien ihr an der Zeit, über etwas anderes zu sprechen. «Hör zu, es ist Heiligabend. Im Fernsehen bringen sie Weihnachtslieder. Möchtest du sie hören?»

«Nein, wenn es Ihnen nichts ausmacht. Ich will nicht an Weihnachten denken, und ich will nicht fernsehen.»

«Was möchtest du denn gern tun?»

«Einfach bloß reden.»

Miss Cameron war verzagt. «Worüber sollen wir reden?»

«Vielleicht über Sie?»

«Über mich?» Sie mußte unwillkürlich lachen. «Meine Güte, so ein langweiliges Thema. Eine alte Jungfer, praktisch in der zweiten Kindheit!»

«Wie alt sind Sie?», fragte Bryony so unbefangen, dass Miss Cameron es ihr sagte. «Aber achtundfünfzig ist nicht alt! Bloß ein Jahr älter als mein Vater, und er ist jung. Zumindest denke ich das immer.»

«Ich fürchte, ich bin trotzdem nicht sehr interessant.»

«Ich finde, jeder Mensch ist interessant. Und wissen Sie, was meine Mutter gesagt hat, als sie Sie das erste Mal sah? Sie sagte, Sie haben ein schönes Gesicht und sie würde Sie gerne zeichnen. Na, ist das ein Kompliment?»

Miss Cameron errötete vor Freude. «O ja, das ist sehr erfreulich ...»

«Und jetzt erzählen Sie mir von sich. Warum haben Sie dieses Haus gekauft? Warum sind Sie *hierher* gezogen?»

Und Miss Cameron, sonst so zurückhaltend und still, begann verlegen zu reden. Sie erzählte Bryony von jenen ersten Ferien in Kilmoran, vor dem Krieg, als die Welt jung und unschuldig war und man für einen Penny ein Hörnchen Eis kaufen konnte. Sie erzählte Bryony von ihren Eltern, ihrer Kindheit, dem alten, großen Haus in Edinburgh. Sie erzählte ihr vom Studium und wie sie ihre Freundin Dorothy kennen gelernt hatte, und auf einmal war diese ungewohnte Flut von Erinnerungen keine Qual mehr, sondern eine Erleichterung. Es war angenehm, an die altmodische Schule zurückzudenken, wo sie so viele Jahre unterrichtet hatte, und sie war imstande, kühl und sachlich über die trübe Zeit zu sprechen, bevor ihr Vater schließlich starb.

Bryony hörte so aufmerksam zu, als würde Miss Cameron ihr von einem erstaunlichen persönlichen Abenteuer berichten. Und als sie zu dem Testament des alten Mr. Cameron kam und erzählte, dass er sie so wohl versorgt zurückgelassen hatte, da konnte Bryony nicht an sich halten.

«Oh, das ist phantastisch. Genau wie im Märchen. Zu schade, dass kein schöner weißhaariger Prinz aufkreuzt und um Ihre Hand anhält.»

Miss Cameron lachte. «Für so etwas bin ich ein bisschen zu alt.»

«Schade, dass Sie nicht geheiratet haben. Sie wären eine phantastische Mutter gewesen. Oder wenn Sie wenigstens Geschwister gehabt hätten, dann hätten Sie denen so eine phantastische Tante sein können!» Sie sah sich zufrieden in dem kleinen Wohnzimmer um. «Das ist genau richtig für Sie, nicht? Dieses Haus muss auf Sie gewartet haben, es hat gewusst, dass Sie hierher ziehen würden.»

«Das ist eine fatalistische Einstellung.»

«Ja, aber eine positive. Ich bin in allem schrecklich fatalistisch.»

«Das darfst du nicht. Hilf dir selbst, so hilft dir Gott.»

«Ja», sagte Bryony, «ja, das mag wohl sein.»

Sie verstummten. Ein Holzscheit brach und sackte in sich zusammen, und als Miss Cameron sich vorbeugte, um ein neues nachzulegen, schlug die Uhr auf dem Kaminsims halb acht. Sie waren beide erstaunt, dass es schon so spät war, und auf einmal fiel Bryony ihre Mutter ein.

«Ich möchte wissen, was los ist.»

«Dein Vater wird anrufen, sobald er uns etwas zu sagen hat. In der Zwischenzeit sollten wir das Teegeschirr abwaschen und überlegen, was es zum Abendessen gibt. Was hättest du gerne?»

«Am allerliebsten Tomatensuppe aus der Dose und Eier mit Speck.»

«Das wäre mir auch am allerliebsten. Gehen wir in die Küche.»

Der Anruf kam nicht vor halb zehn. Mrs. Ashley lag in den Wehen. Es ließ sich nicht sagen, wie lange es dauern würde, aber Mr. Ashley wollte im Krankenhaus bleiben.

«Ich behalte Bryony über Nacht hier», sagte Miss Cameron bestimmt. «Sie kann in meinem Gästezimmer schlafen. Und ich habe ein Telefon am Bett, Sie können ohne weiteres jederzeit anrufen, sobald Sie etwas wissen.»

«Mach ich.»

«Möchten Sie Bryony sprechen?»

«Bloß gute Nacht sagen.»

Miss Cameron verzog sich in die Küche, während Vater und Tochter telefonierten. Als sie das Klingeln beim Auflegen des Hörers hörte, ging sie nicht in die Diele, sondern machte sich am Spülbecken zu schaffen, füllte Wärmflaschen und wienerte das ohnehin makellos saubere Abtropfbrett. Sie rechnete halbwegs mit Tränen, als Bryony zu ihr kam, doch Bryony war gefasst und tränenlos wie immer.

«Er sagt, wir müssen einfach abwarten. Haben Sie was dagegen, wenn ich bei Ihnen übernachte? Ich kann nach nebenan gehen und meine Zahnbürste und meine Sachen holen.»

«Ich möchte, dass du bleibst. Du kannst in meinem Gästezimmer schlafen.»

Schließlich ging Bryony ins Bett, mit einer Wärmflasche und einem Becher warmer Milch. Miss Cameron ging ihr gute Nacht sagen, aber sie war zu schüchtern, um ihr einen Kuss zu geben. Bryonys flammend rote Haare waren wie rote Seide auf Miss Camerons bestem Leinenkissenbezug ausgebreitet, und sie hatte außer ihrer Zahnbürste einen bejahrten Teddy mitgebracht. Er hatte eine fadenscheinige Nase und nur ein Auge. Als Miss Cameron eine halbe Stunde später selbst zu Bett ging, warf sie einen Blick ins Gästezimmer und sah, daß Bryony fest schlief.

Miss Cameron legte sich ins Bett, aber der Schlaf wollte nicht so leicht kommen. Ihr Hirn schien aufgezogen von Erinnerungen an Menschen und Ortschaften, an die sie seit Jahren nicht mehr gedacht hatte.

Ich finde, jeder Mensch ist interessant, hatte Bryony gesagt, und Miss Cameron wurde es warm ums Herz vor lauter Hoffnung für den Zustand der Welt. So schlimm konnte es nicht bestellt sein, wenn es noch junge Menschen gab, die so dachten.

Sie sagte, Sie haben ein schönes Gesicht. Vielleicht, dachte sie, tu ich nicht genug. Ich habe mich zu sehr in mich selbst zurückgezogen. Es ist egoistisch, nicht mehr an andere Menschen zu denken. Ich muss mehr tun. Ich muss reisen. Nach Neujahr melde ich mich bei Dorothy und frage sie, ob sie mitkommen möchte.

Madeira. Sie könnten nach Madeira fahren. Blauer Himmel und Bougainvilleen. Und Jakarandabäume …

Mitten in der Nacht fuhr sie furchtbar erschrocken auf. Es war stockdunkel, es war bitter kalt. Das Telefon klingelte. Sie knipste die Nachttischlampe an, sie sah auf die Uhr. Es war nicht mitten in der Nacht, sondern sechs Uhr morgens. Weihnachtsmorgen. Sie nahm den Hörer ab. «Ja?»

«Miss Cameron? Ambrose Ashley am Apparat …» Er klang erschöpft.

«Oh.» Sie fühlte sich ganz matt. «Erzählen Sie.»

«Ein Junge. Vor einer halben Stunde geboren. Ein niedlicher kleiner Junge.»

«Und Ihre Frau?»

«Sie schläft. Es geht ihr gut.»

Nach einer Weile sagte Miss Cameron: «Ich sag's Bryony.»

«Ich komme heute im Laufe des Vormittags nach Kilmoran – gegen Mittag, denke ich. Ich rufe im Hotel an und gehe mit Ihnen beiden dort essen. Das heißt, wenn Sie Lust haben.»

«Das ist sehr liebenswürdig», sagte Miss Cameron, «äußerst liebenswürdig.»

«Wenn einer liebenswürdig ist, dann Sie», sagte Mr. Ashley.

Ein neu geborenes Baby. Ein neu geborenes Baby am Weihnachtsmorgen. Sie fragte sich, ob sie es Noel nennen würden. Sie stand auf und trat ans offene Fenster. Der Morgen war dunkel und kalt, die Flut hoch, die pechschwarzen Wellen klatschten gegen die Kaimauer. Die eisige Luft roch nach Meer. Miss Cameron sog sie tief ein, und mit einem Mal war sie ungeheuer aufgeregt und von grenzenloser Energie erfüllt.

Ein kleiner Junge. Sie sonnte sich in dem Gefühl einer großartigen Leistung, was lächerlich war, weil sie überhaupt nichts geleistet hatte.

Als sie angezogen war, ging sie hinunter, um Wasser aufzusetzen. Sie deckte ein Teetablett für Bryony und stellte zwei Tassen und Untertassen darauf.

Ich sollte ein Geschenk für sie haben, sagte sie sich. *Es ist Weihnachten, und ich habe nichts für sie.*

Aber sie wusste, dass sie Bryony zusammen mit dem Teetablett das schönste Geschenk bringen würde, das sie je bekommen hatte.

Es war jetzt kurz vor sieben. Sie ging nach oben in Bryonys Zimmer, stellte das Tablett auf den Nachttisch und knipste die Lampe an. Sie zog die Vorhänge auf. Bryony rührte sich im Bett. Miss Cameron setzte sich zu ihr und nahm ihre Hand. Der Teddy lugte hervor, seine Ohren lagen unter Bryonys Kinn. Bryony schlug die Augen auf. Sie sah Miss Cameron dasitzen, und sogleich weiteten sich ihre Augen vor Sorge.

Miss Cameron lächelte. «Frohe Weihnachten.»

«Hat mein Vater angerufen?»

«Du hast ein Brüderchen, und deine Mutter ist wohlauf.»

«Oh …» Es war zu viel. Erleichterung öffnete die Schleusentore, und Bryonys sämtliche Ängste lösten sich in einem Tränenstrom. «Oh …» Ihr Mund wurde eckig wie der eines plärrenden Kindes, und Miss Cameron konnte es nicht ertragen. Sie konnte sich nicht erinnern, wann sie zuletzt eine zärtliche körperliche Berührung mit einem anderen Menschen hatte, aber nun nahm sie das weinende Mädchen in die Arme. Bryony schlang ihre Arme um Miss Camerons Hals und hielt sie so fest, dass sie dachte, sie würde ersticken. Sie fühlte die dünnen Schultern unter ihren Händen; die nasse, tränenüberströmte Wange drückte sich gegen ihre.

«Ich dachte … ich dachte, es würde etwas Schreckliches passieren. Ich dachte, sie würde sterben.»

«Ich weiß», sagte Miss Cameron, «ich weiß.»

Es dauerte ein Weilchen, bis sich beide gefasst hatten. Aber schließlich war es vorbei, die Tränen waren abgewischt, die Kissen aufgeschüttelt, der Tee eingeschenkt, und sie konnten von dem Baby sprechen.

«Es ist bestimmt was ganz Besonderes, am Weihnachtstag geboren zu sein», sagte Bryony. «Wann werde ich ihn sehen?»

»Ich weiß nicht. Dein Vater wird es dir sagen.»

«Wann kommt er?»

«Er wird zur Mittagszeit hier sein. Wir gehen alle ins Hotel, Truthahnbraten essen.»

«Oh, prima. Ich bin froh, daß Sie mitkommen. Was machen wir, bis er kommt? Es ist erst halb acht.»

«Es gibt eine Menge zu tun», sagte Miss Cameron. «Wir machen uns ein Riesenfrühstück, zünden ein Riesenweihnachtsfeuer an – wenn du magst, können wir in die Kirche gehen.»

«O ja. Und Weihnachtslieder singen. Jetzt hab ich nichts mehr dagegen, an Weihnachten zu denken. Ich mochte bloß gestern Abend nicht dran denken.» Dann sagte sie: «Ist es wohl möglich, dass ich ein schönes heißes Bad nehme?»

«Du kannst machen, wozu du Lust hast.» Sie stand auf, nahm das Teetablett und ging zur Tür. Als sie die Tür öffnete, sagte Bryony: «Miss Cameron», und sie drehte sich um.

«Sie waren gestern Abend so lieb zu mir. Vielen, vielen Dank. Ich weiß nicht, was ich ohne Sie gemacht hätte.»

«Ich fand es schön, dich hier zu haben», sagte Miss Cameron aufrichtig. «Ich habe mich gerne mit dir unterhalten.» Sie zögerte. Ihr war soeben ein Gedanke gekommen. «Bryony, nach allem, was wir zusammen durchgemacht haben, meine ich, du solltest nicht mehr Miss Cameron zu mir sagen. Das klingt so schrecklich förmlich, und das haben wir doch ein für alle Mal hinter uns, nicht?»

Bryony blickte ein wenig verwundert drein, aber nicht im mindesten verstört.

«In Ordnung. Wenn Sie es sagen. Aber wie soll ich Sie denn nennen?»

«Mein Name», sagte Miss Cameron und lächelte, weil es wirklich ein sehr hübscher Name war, «ist Isobel.»

«Die Schlittschuhe» erschien als Erstveröffentlichung 1989 in Großbritannien unter dem Titel «The Skates». Copyright © 1989 by Rosamunde Pilcher. Auf deutsch (Übersetzung von Dorothee Asendorf) zuerst erschienen in: «Blumen im Regen». Copyright © 1992 by Rowohlt Verlag GmbH, Reinbek bei Hamburg.

«Das Haus auf dem Hügel», *«Das Vorweihnachtsgeschenk»* und *«Miss Camerons Weihnachtsfest»* erschienen als Erstveröffentlichungen 1985 bei St. Martin's Press, New York, in dem Band «The Blue Bedroom». Copyright © 1985 by Rosamunde Pilcher. Auf deutsch (Übersetzung von Margarete Längsfeld) zuerst erschienen in: «Das blaue Zimmer». Copyright © 1994 by Rowohlt Verlag GmbH, Reinbek bei Hamburg.

«Ein Schneespaziergang» erschien als Erstveröffentlichung 1984 in Großbritannien unter dem Titel «A Walk in the April Rain». Copyright © 1984 by Rosamunde Pilcher. Auf deutsch (Übersetzung von Dorothee Asendorf) zuerst erschienen in: «Blumen im Regen». Copyright © 1992 by Rowohlt Verlag GmbH, Reinbek bei Hamburg.

«*Das rote Kleid*» erschien als Erstveröffentlichung 1980 in Großbritannien unter dem Titel «Tammy». Copyright © 1980 by Rosamunde Pilcher. Auf deutsch (Übersetzung von Dorothee Asendorf) zuerst erschienen in: «Blumen im Regen». Copyright © 1992 by Rowohlt Verlag GmbH, Reinbek bei Hamburg.

«*Ein Mädchen, das ich früher kannte*» erschien als Erstveröffentlichung 1984 in Großbritannien unter dem Titel «The Kreisler Run». Copyright © 1984 by Rosamunde Pilcher. Auf deutsch (Übersetzung von Dorothee Asendorf) zuerst erschienen in: «Blumen im Regen». Copyright © 1992 by Rowohlt Verlag GmbH, Reinbek bei Hamburg.

«*Die Wasserscheide*» erschien als Erstveröffentlichung 1990 in den USA unter dem Titel «The Watershed». Copyright © 1990 by Rosamunde Pilcher. Auf deutsch (Übersetzung von Dorothee Asendorf) zuerst erschienen in: «Blumen im Regen». Copyright © 1992 by Rowohlt Verlag GmbH, Reinbek bei Hamburg.

Rosamunde Pilcher

Millionen Leser sind süchtig nach ihr: **Rosamunde Pilcher** schreibt nachdenklich und unterhaltsam, mit Liebe zu den Menschen und all ihren Schwächen. .
Rosamunde Pilcher wurde 1924 in Lelant in Cornwall geboren. 1946 heiratete sie Graham Pilcher und zog nach Dundee / Schottland, wo sie seither lebt.

Wintersonne *Roman*
Deutsch von Ursula Grawe
768 Seiten. Gebunden.
Wunderlich
«Wintersonne» ist eine Liebeserklärung an das Leben, durchzogen von leiser Melancholie.

Heimkehr *Roman*
(rororo 22148)
Ein großer Roman um ein Frauenschicksal in den dreißiger und vierziger Jahren.

Wilder Thymian *Roman*
(rororo 12936)*

Die Muschelsucher *Roman*
(rororo 13180)*

September *Roman*
(rororo 13370)
«Den allerschönsten Familienroman habe ich gerade verschlungen und brauchte dafür zwei freie Tage inklusive einiger Nachtstunden. Er heißt «September», spielt in London und Schottland und ist einfach *hin-rei-ßend.*»
Brigitte

Blumen im Regen *Erzählungen*
rororo Band 13207

Ende eines Sommers *Roman*
(rororo 12971)*

3308/10

rororo Unterhaltung

Karussell des Lebens *Roman*
(rororo 12972)*

Lichterspiele *Roman*
(rororo 12973)*

Sommer am Meer *Roman*
(rororo 12962)*

Stürmische Begegnung *Roman*
(rororo 12960)*

Wechselspiel der Liebe *Roman*
(rororo 12999)*

Schneesturm im Frühling
Roman
(rororo 12998)*

Wolken am Horizont *Roman*
((rororo 12937)*

Die Welt der Rosamunde Pilcher
Herausgegeben von
Siv Bublitz
(rororo 13979)

* Auch in der Reihe **Großdruck** lieferbar.

Weitere Informationen in der **Rowohlt Revue,** kostenlos im Buchhandel, und im **Internet: www.rororo.de**